Robin Palmer

Immer wieder Lucy

Die Sache mit den Jungs

ROBIN PALMER

IMMER wieder LUCY

DIE SACHE MIT DEN JUNGS

Aus dem Englischen
von Carolin Müller

cbj

Kinder- und Jugendbuchverlag
in der Verlagsgruppe Random House

Von Robin Palmer ist bei cbj außerdem erschienen:
Immer wieder Lucy – Wie meine Schwester mein Leben ruinierte
(Bd.1 #15531-8)

FSC
www.fsc.org
MIX
Papier aus verantwortungsvollen Quellen
FSC® C014496

Verlagsgruppe Random House FSC® N001967
Das für dieses Buch verwendete FSC®-zertifizierte Papier
Pamo House liefert Arctic Paper Mochenwangen GmbH.

1. Auflage 2015

Die amerikanische Originalausgabe erschien 2010 unter dem Titel:
»Yours truly, Lucy B. Parker: Sealed with a kiss«
bei Puffin Books, einem Imprint von Penguin Books Ltd, UK
Übersetzung: Carolin Müller
Lektorat: Christina Neiske
Umschlaggestaltung und Vignetten: Carolin Liepins
AW · Herstellung: uk
Satz: KompetenzCenter, Mönchengladbach
Druck und Bindung: GGP Media GmbH, Pößneck
ISBN 978-3-570-15532-5
Printed in Germany

www.cbj-verlag.de

Für meine Eltern, Susann und Ken Palmer,
die mir den Glauben daran gegeben haben,
dass ich in meinem Leben alles tun und sein kann,
was ich will … solange ich gute Noten schreibe und
immer zur vereinbarten Zeit zu Hause bin.

Erstes KAPITEL

Liebe Dr. Maude,

tut mir echt leid, dass ich soooo lange nicht mehr geschrieben habe. Ich hoffe, Sie haben sich keine Sorgen gemacht oder so. Aber da Sie ja bestimmt schwer mit der neuen Staffel Ihrer Sendung *Zur Sache, Leute!* beschäftigt sind, haben Sie sicher nicht viel Zeit, über zwölfeinhalbjährige Mädels wie mich nachzudenken, in deren Leben ganz schön was los ist und die wirklich Hilfe von einer weltberühmten Therapeutin wie Ihnen gebrauchen könnten. Ich habe schon daran gedacht, runter zu Ihrer Wohnung zu gehen und an Ihre Tür zu klopfen, aber Pete meinte, das sei keine gute Idee, weil Sie ja auch so was wie ein Privatleben haben. Auch wenn er weiß, dass ich keine durchgeknallte Stalkerin bin, ist es natürlich sein Job als Portier des Conran-Gebäudes, gewöhnliche Leute wie mich von berühm-

ten Leuten wie Ihnen fernzuhalten. (Übrigens, ich kann es immer noch nicht fassen, dass wir im selben Haus leben! Ich meine, New York ist eine Riesenstadt! Finden Sie nicht, dass das superseltsam ist? Ich schon.) Wie auch immer, mir geht's gut. Es ist bloß so, dass ich jetzt, wo ich eine New Yorkerin bin (Rose, unsere Haushälterin, meinte, sie hätte gehört, dass man das ist, sobald man einen Monat hier lebt, und ich bin jetzt schon seit einem Monat, einer Woche und vier Tagen hier), die ganze Zeit *super*beschäftigt bin. Ich bin sicher, dass Sie das gut verstehen können, wo Sie mir noch immer nicht geantwortet haben. Gar nicht. Nicht ein einziges Mal. Obwohl ich Ihnen schon vierzehn E-Mails geschrieben habe. Fünfzehn, wenn ich diese hier mitzähle.
Im vergangenen Monat ist so viel passiert, dass ich gar nicht weiß, wo ich anfangen soll, aber die Hauptpunkte sind folgende:

1. Im Großen und Ganzen läuft es zwischen Laura und mir ganz gut. Ich meine, natürlich ist es, nachdem man zwölf Jahre und fünf Monate ein Einzelkind war, hart, sich daran zu gewöhnen, dass es jetzt noch eine Nicht-Erwachsene im Haus gibt. Insbesondere wenn es sich genau genommen auch noch um IHR Haus handelt und nicht um SEIN EIGENES. Ach ja, und wenn man zufälligerweise noch die Art von Mensch

ist, der kein Problem hat mit ein bisschen – oder ziemlichem – Chaos, aber diese andere Nicht-Erwachsene so schlecht damit klarkommt, dass ihr rechtes Auge anfängt zu zucken, wenn sie in dein Zimmer kommt, und sie anfängt DEINE Sachen aufzuräumen, obwohl es DEIN Zimmer ist.

2. Und dann wäre da noch das Problem, dass diese andere Nicht-Erwachsene zufälligerweise der berühmteste Teenager der Welt ist und der Star der Erfolgsfernsehserie *Madison Tennysons Welt*. Was bedeutet, dass man, obwohl sie zu Hause von allen normal behandelt wird, sobald man mit der Familie draußen unterwegs ist, fast totgetrampelt wird, weil sie dann plötzlich Laura Moses, der Superstar ist, statt Laura, das Mädchen, das im Zimmer nebenan wohnt. Aber auch wenn wir keine lautstarken Streitereien haben wie Marissa (meine Mehr-oder-weniger-Freundin in Northampton) und ihre Schwester, ist es trotzdem komisch. Denn manchmal ist Laura total nett und dann will sie wieder nichts mit mir zu tun haben und verzieht sich einfach in ihr Zimmer und macht die Tür hinter sich zu. Mom meint zwar, dass das einfach dazugehört, wenn man ein vierzehnjähriges Mädchen ist, und dass ich, wenn bei mir erst einmal die Pubertät richtig zuschlägt, vermutlich genauso launisch sein werde, aber ich hoffe nicht. Der einzige Aspekt der Pubertät, der mich wirk-

lich interessiert, ist der Ich-krieg-meine-Tage-Aspekt, was aber leider noch nicht eingetreten ist. Der Meine-Möpse-sprießen-Aspekt dagegen ist bereits in vollem Gang. (Ob man's glaubt oder nicht, ich bin schon aus zwei BHs rausgewachsen, seit ich letzten Winter meinen ersten bekommen habe. Das ist voll unfair.)

3. Da wären wir beim nächsten Problem: Mom. Sie wissen schon, diese Frau, die ich früher praktisch ständig um mich hatte? Die, mit der ich nach der Scheidung meiner Eltern abends mit einer großen Schüssel Popcorn in ihrem Bett fernsehen durfte, und die nicht gemeckert hat, wenn ein paar Krümel unter der Decke gelandet sind, was so ziemlich jedes Mal passiert ist, wegen meinem schlimmen Koordinationsproblem? Die Person, mit der ich immer Maniküre-Montage abgehalten habe, bei denen wir uns gegenseitig die Nägel gemacht haben, und bei denen sie nie gesagt hat: »Lucy, bist du sicher, dass du dieses Lila nehmen willst, das ist ganz schön grell«, wie manch andere Mütter es bestimmt getan hätten? Diejenige, die, wenn ich ihr erzählt habe, wie mein Tag in der Schule war, wirklich ZUGEHÖRT hat, anstatt Dinge zu sagen wie »Ich verstehe«, an Stellen, wo ich gar nichts gesagt habe, was sie verstehen sollte?
Ja, genau die. Entweder hängt sie vor dem Computer und sucht nach Orten für ihre geplante Hochzeit oder

sie ist bei irgendeiner Lesung im Stadtteilzentrum *92 Street Y* zusammen mit Alan (meinem künftigen Stiefvater) oder sie fährt Laura ins Fernsehstudio nach Queens, weil sie will, dass Laura »etwas Normalität in ihrem Leben hat, anstatt von einem Chauffeur in einer schicken Limousine herumkutschiert zu werden«. Aber ich sag Ihnen jetzt mal, was sie NICHT macht – sich Zeit für mich nehmen!

4. Was auch der Grund dafür ist, dass ICH die meiste Zeit mit Beatrice verbringe. Erinnern Sie sich noch, dass ich in meiner letzten E-Mail an Sie erwähnt hatte, dass ich endlich eine Freundin gefunden habe? Dieses Mädchen, Beatrice, das auch in unserem Haus – in Nummer 10D – wohnt und in meiner Klasse im Zentrum für Kreatives Lernen ist? Tja, wir sind jetzt offiziell BFFs – *Best Friends Forever*. Neulich hatten wir »Das Gespräch« und jetzt fühle ich mich viel besser. Auch wenn man sich ziemlich sicher ist, dass es darauf hinauslaufen wird, kann man es doch nie mit Sicherheit wissen, bis man es besprochen hat. Ich weiß, dass ich, als ich sie kennenlernte, die Befürchtung hatte, sie könnte eines dieser überhöflichen Kids sein, aber das ist sie überhaupt nicht. Genau genommen ist sie wahrscheinlich die new-yorkigste New Yorkerin, die ich kenne, weil sie ganz viel Schwarz trägt und immer davon überzeugt ist, dass sie recht hat.

5. Und Alice – das Mädchen, bei dem ich an meinem dritten Schultag mittags gesessen hab, nachdem ich die ersten zwei Mittagspausen in der Schultoilette verbracht hatte, weil die Leute im Zentrum viel weniger nett sind als die in Northampton, wo ich herkomme – fragt mich die ganz Zeit, ob sie meine zweite BFF sein kann, aber das allein dürfte Erklärung genug sein, warum sie es nicht sein kann. Ich meine, man FRAGT doch nicht, ob man die BFF von jemandem sein kann – das passiert einfach. Und dann beredet man es.

6. Abgesehen von den beiden und Laura (irgendwie) und Pete und Rose habe ich noch keine Freunde gefunden. Und Pete und Rose zählen nicht wirklich, denn Pete ist neunundvierzig und Rose vierzig, also sind sie eher erwachsene Freunde statt *Freunde*-Freunde. Als Mom und ich kürzlich doch mal wieder ein bisschen Zeit miteinander verbracht haben, auf dem Weg zum Zahnarzt (was, wenn man mich fragt, so was von nicht als »mal was Nettes zusammen unternehmen« durchgeht), meinte sie, dass der Grund, warum ich mich so gut mit Erwachsenen verstehe, darin liegt, dass ich so frühreif bin. Ich hab das nachgeschlagen, und es heißt so viel wie erwachsen. Aber bei unserem wöchentlichen Mittwochstelefonat neulich meinte Dad, dass ich schon noch mehr Freunde in meinem Alter finden werde. Er wollte es zwar nicht auf das Leben von mei-

nem zukünftigen Geschwisterchen schwören, aber er ist sich sicher, dass es so sein wird. (Sie erinnern sich doch noch daran, dass mein Vater und seine Freundin Sarah ein Kind bekommen, oder?) Aber ich weiß nicht, ob ich ihm das mit dem Freundefinden wirklich glaube. Wenn er echt davon überzeugt wäre, dann hätte er es doch auf das Leben des Babys schwören können, auch wenn es erst im Oktober zur Welt kommt.

Also, das ist gerade so bei mir los. Wenn Sie zurückschreiben und mir einen Rat zu dieser Geschichte mit meiner Mutter geben könnten, wäre das toll. Und dazu, wie man mehr Freunde findet.

MfG
Lucy B. Parker

PS: Wenn Sie noch irgendwelche Tipps haben, wie ich meine Periode bekomme, dann wäre das auch toll. Ich weiß ja, dass Sie keine richtige Ärztin sind, aber ich dachte mir, Sie wissen es vielleicht trotzdem.

Wenn ich noch ein paar Tage mit der E-Mail an Dr. Maude gewartet hätte, hätte ich sie bestimmt auch wegen dieser Schwarmsache gefragt.

Es war an einem Mittwochabend im Mai, ungefähr

einen Monat nachdem ich nach New York gezogen war, und ich hing bei Beatrice ab. Manchmal vermisste ich mein altes Haus in Northampton zwar schon, auch wenn es so alt war, dass die Fenster nicht mehr richtig schlossen und es überall zog, aber es war schon auch sehr cool, in einer Wohnung zu wohnen. Besonders wenn deine BFF elf Stockwerke unter dir wohnt und du bloß in den Aufzug steigen musst, anstatt mit dem Fahrrad zu ihr zu fahren.

»Also, hast du dich schon entschieden, wer dein Schwarm vor Ort ist?«, fragte Beatrice.

Mein Gesicht lief total rot an, als ich verlegen den Kopf schüttelte. »Nein«, seufzte ich. Ich spürte, wie sich mein Magen zusammenzog. Das machte er immer, wenn ich Angst hatte, wie zum Beispiel, wenn es mal wieder Zeit für eine Mathe-Stegreifaufgabe war. »Gestern dachte ich, Sam Rothenberg könnte vielleicht mein Schwarm sein, aber dann habe ich gesehen, wie er in Physik in der Nase gebohrt hat.«

Beatrice schüttelte den Kopf. »Oje, verknall dich bloß nicht in einen Nasenbohrer. Das würde niemals gut gehen.«

Ich holte meinen lila Stift aus der Hosentasche und das *Moleskine*-Notizbuch, das ich seit Kurzem immer mit mir herumschleppte. Vorne drauf stand: »Wichtige Ratschläge von Leuten«. Das meiste, was drinstand, stammte bisher von Pete, dem Portier von unserem

Haus. Dinge wie: *Schau in der U-Bahn niemandem in die Augen, weil du nie wissen kannst, wer von den Leuten ein totaler Spinner ist.* Oder: *Wenn ein Tourist dich nach dem Weg fragt und du nicht hundert Prozent sicher bist, wo der fragliche Ort ist, verweise ihn an einen Portier, weil Portiers alles wissen.* Dieser Ratschlag kam mir ziemlich gelegen, wenn man bedachte, dass ich zusätzlich zu meinem Koordinationsproblem auch noch einen ziemlich schlechten Orientierungssinn hatte.

Bei der Auswahl eines Schwarms achte darauf, dass er kein Nasenbohrer ist, schrieb ich fein säuberlich hinein. Zumindest hatte ich eine schöne Schrift.

Beatrice zufolge war es ein absolutes MUSS, in der sechsten Klasse einen Schwarm zu haben – so wie man auch einen Computer und ein Handy haben musste –, ansonsten galt man als total seltsam. Ich war mir ziemlich sicher, dass das wieder so ein New-York-Ding war, denn zu Hause in Northampton hatten zwar schon einige der jungsverrückten Mädchen einen Schwarm (wie, sagen wir mal, Marissa, die immer Sachen von sich gab wie »Ich glaube, heute im Einkaufszentrum habe ich im Gastro-Bereich meinen Seelenverwandten gesehen«), aber man galt nicht gleich als seltsam, wenn man keinen hatte.

»Aber ich sag dir doch schon die ganze Zeit, dass du dir unbedingt einen Schwarm suchen musst«, meinte Beatrice, während sie ihr E-Mail-Postfach öffnete, das vor Nachrichten nur so überquoll, die sie ständig von Eli, diesem Jungen aus Kalifornien, bekam, den sie getroffen hatte, als sie mit ihrer Familie Ferien in Mexiko gemacht hatte. Er war ihr Ferienschwarm. Laut Beatrice brauchte jeder drei Schwärme: einen vor Ort, einen Ferienschwarm und einen Promi-Schwarm.

»Na gut, ich such weiter«, antwortete ich und rutschte nervös auf meinem Stuhl herum, konnte aber keine bequeme Position finden. Ich weiß auch nicht, warum alle Möbel in New Yorker Wohnungen so unbequem sein mussten, ganz viel Holz und Leder und scharfe Kanten. In Alans und Lauras Wohnung war es das Gleiche. Da tat mir echt mein Hintern weh. Unsere Möbel zu Hause in Northampton hatten vielleicht nicht unbedingt zusammengepasst, weil alles aus dem Gebrauchtwarenladen stammte, denn Mom und Dad sind »kreative Typen«, die Dinge »mit Charakter« mögen, doch auf jeden Fall waren unsere Möbel viel bequemer gewesen. »Aber ich kapier nicht, warum ich gleich *drei* brauche. Ich finde es schon schwer genug, *einen* zu finden!«

»Ich sag dir warum«, begann sie. »Wenn dein Schwarm vor Ort nicht genug Zeit für dich hat oder länger ausfällt, weil er Grippe hat oder Windpocken, dann kannst du an deinen Ferienschwarm denken. Und wenn dein Ferienschwarm deine E-Mails nicht mehr beantwortet – wie das Eli übrigens gerade mit mir macht –, dann kannst du dich einfach hinsetzen und von deinem Promi-Schwarm träumen und dir ausmalen, wie es wäre, wenn ihr zusammen zu Filmpremieren gehen würdet. Was aber vermutlich nie passieren wird – außer man ist Laura.«

Ich musste zugeben, logisch gesehen ergab das alles Sinn. Ganz abgesehen davon, dass man seine Zeit doch sehr viel angenehmer damit verbringen konnte, für jemanden zu schwärmen, als sich Sorgen zu machen, ob man bald mit einer Mathe-Stegreifaufgabe rechnen musste oder ob einem seine Mutter vielleicht gnädigerweise mal wieder ein bisschen Aufmerksamkeit widmet. Aber um ehrlich zu sein, wenn jemand zu mir sagen würde: »Okay, du hast die Wahl: Entweder bekommst du deine Tage oder einen Freund«, dann würde ich mich für meine Periode entscheiden.

»Hey, hast du noch ein Moleskine-Notizbuch übrig?«, fragte ich. »Ich bezahl es dir auch.« Vor New York hatte ich ganz einfache Notizbücher benutzt, die man im Supermarkt bekam, aber jetzt, da Beatrice und ich BFFs waren, hatte ich Gefallen an Moleskines gefunden. Beatrice meinte, sie seien unheimlich französisch und überhaupt nicht bourgeois. *Bourgeois* war ihr Lieblingswort. Ich war noch immer nicht wirklich sicher, was es bedeutete. Ich war mir nicht mal sicher, ob Beatrice das wusste, aber soweit ich es verstanden hatte, war das Französisch für »voll losermäßig«.

Sie reichte mir eins. Auf die erste Seite schrieb ich: »Das offizielle Schwarmprotokoll der Schülerinnen am Zentrum für Kreatives Lernen, New York«.

»Du fängst ein neues Protokoll an?«, fragte Beatrice erstaunt.

Ich nickte. Zu Hause in Northampton hatte ich bereits eines geführt. Es hieß »Das offizielle Periodenprotokoll der Sechstklässlerinnen von der Jefferson Middle School in Northampton, Massachusetts«. Schließlich konnte man nie wissen, wann man diese Art von Information gebrauchen konnte. Ich war die Hüterin der Periode. Alle dort hatten es für eine geniale Idee gehalten, und auch in New York schienen es die Sechstklässlerinnen gut zu finden – außer Cristina Pollock, dem beliebtesten (und fiesesten) Mädchen an meiner neuen Schule, die mich deswegen bloß noch »Periodenmädchen« nannte.

»*C'est génial!*«, rief Beatrice atemlos. Das war Französisch und bedeutete so viel wie »Das ist genial!«. Das sagte sie gern, genauso wie »*C'est nul!*«, was so ungefähr das Gegenteil bedeutete. »Ich wusste doch, dass ich recht hatte, dich als beste Freundin auszusuchen. Du hast Glück, denn zufälligerweise weiß ich darüber schon einiges und kann dir super helfen.«

»Lass uns mit Cristina Pollock anfangen«, sagte ich. »Für wen schwärmt sie?« Beatrice und Cristina waren BFFs gewesen, bevor Cristina sie wie aus dem Nichts abserviert hat. Genau genommen war ein Grund dafür, dass Beatrice und ich uns angefreundet hatten, der, dass uns beiden von unseren BFFs die Freundschaft gekündigt worden war. Und nicht nur das, sondern es hatte sich auch herausgestellt, dass es uns beiden fast zur selben Zeit passiert war. Es lagen bloß ein paar Tage dazwischen. Bei mir war es drei Tage, BEVOR die sechste Klasse anfing, und bei ihr passierte es drei Tage DANACH, was wir für ein Zeichen hielten, dass wir absolut dazu bestimmt waren, Freundinnen zu sein.

»Na ja, ich bin mir ziemlich sicher, dass ihr Schwarm vor Ort diese Woche Finneas Larkin ist«, sagte sie. »Zumindest hat Alice gesagt, dass sie gehört hat, wie Alexandra Brodsky und Luisa Stus neulich in Sport darüber geredet haben.« Finneas war ein Siebtklässler, der genau wie Cristina superbeliebt war, also passten die beiden gut zusammen. »Und was ihren Ferienschwarm betrifft, da gab es irgendeinen Jungen aus Connecticut, den sie kennengelernt hat, als sie mit ihrer Familie in St. Barts im Winterurlaub war. Ich habe gehört, sie mailen sich. Und ganz sicher weiß ich, dass Connor Forrester ihr Promi-Schwarm ist.«

»Connor Forrester?! Ich weiß ja, dass der auch dein Promi-Schwarm ist, aber ich muss sagen, ich finde ihn total widerlich«, gestand ich. Das *Teen-People*-Magazin mochte ihn ja gerade erst zu einem der bestaussehenden Teenager der Welt gekürt haben, zusammen mit seinem

BFF Austin Mackenzie (Lauras Promi-Schwarm), aber wenn man mich fragte, verblasste jede Schönheit im Hinblick auf die Tatsache, dass er einmal vor laufender Kamera einen Wurm gegessen hatte. Den Klatsch-Blogs zufolge war es ihm so wichtig, dass sein Schauspiel so echt wie möglich rüberkam, dass er sich für einen *echten* Wurm entschieden hatte anstelle eines Gummiwurms.

Ich wollte Beatrice gerade fragen, ob sie glaubte, dass Cristina schon einmal einen Jungen geküsst hatte (also, ich wollte mir ja wirklich Mühe geben, einen Schwarm zu finden, aber ich konnte nicht versprechen, dass ich bereit wäre, diesen Schwarm dann auch noch zu küssen! Besonders nachdem ich gehört hatte, dass, als sich Beatrice und Eli einmal küssten, seine Zahnspange an ihrer Unterlippe hängen geblieben war und es angefangen hatte zu *bluten*), da steckte Beatrice' Mutter den Kopf zur Tür herein. Wie Beatrice hatte auch ihre Mutter eine kurze Bobfrisur und trug normalerweise immer Schwarz. Abgesehen vom Rahmen ihrer Brille, der war nämlich knallrot. »Na, wie war das koreanische Essen, Mädchen?«, fragte sie.

Wie Mom war auch Marsha, Beatrice' Mutter, Schriftstellerin, aber sie schrieb Theaterstücke. Und im Gegensatz zu meiner Mom brachte sie das Zeug, das sie schrieb, auch zu Ende, und laut Beatrice war sie in New York sogar ziemlich berühmt. Deshalb gingen sie und Nicole, Beatrice' andere Mutter, ständig zu irgendwelchen Dinnerpartys. Was auch bedeutete, dass Beatrice und ihr Bruder ziemlich viel Lieferessen aßen. Ich dagegen musste ständig Moms klägliche Versuche ertragen, alle Rezepte aus dem Kochbuch einer Frau namens Julia Child nachzukochen, nachdem Mom einen Film über eine Frau gesehen hatte, die das auch machte.

»Also, Beatrice«, sagte Marsha und sprach den Namen *Bea-trie-tsche* aus, was laut Beatrice die korrekte italienische Aussprache dafür war, obwohl sie eigentlich Jüdin war und keine Italienerin. »Blair übernimmt heute Abend, während wir weg sind, das Kommando, also mach bitte, was er sagt.«

Diese Bea-trie-tsche-Person war anscheinend eine Figur aus einem berühmten italienischen Werk der Weltliteratur. Genauso wie viel Schwarz zu tragen war es auch total *New York*, seine Kinder nach berühmten Figuren der Weltliteratur zu nennen. (In unserer Klasse gab es zwei Holdens – benannt nach diesem Jungen aus dem Buch *Der Fänger im Roggen*.) Mom hielt das für großspurig. Zumindest klang das so, als ich vor ein paar Wochen aufschnappte, wie sie mit ihrer BFF Deanna am Telefon darüber sprach. Mom meinte, mein Gelausche sei eine grässliche Angewohnheit. Ich hielt dagegen, dass das nichts mit Lauschen zu tun hatte, ich schnappte vieles einfach auf. Das war ein Unterschied. Und schließlich konnte ich ja nichts dafür, dass ich ausgezeichnete Ohren hatte. Außerdem wären die meisten Eltern bestimmt begeistert davon, dass ihre Kinder auf das hörten, was sie sagten, auch wenn das, was sie sagten, streng genommen gar nicht für ihre Ohren bestimmt war.

Beatrice verdrehte die Augen. »Warum kann *ich* nicht mal das Kommando haben?«

»Weil er der Ältere ist«, erwiderte ihre Mutter.

»Bloß neun Monate!«, rief Beatrice. »Außerdem weiß doch wohl jeder, dass Mädchen reifer sind als Jungs.« Ich hatte Blair noch nicht kennengelernt, aber nach allem, was Beatrice mir über ihn erzählt hatte, klang es, als sei er echt schrecklich. Sie hatte erzählt, dass er an seinen Zehennägeln rumfummelte, wenn sie auf der Couch saßen und fernsahen, und dass sein Zimmer müffelte, als hätte jemand einen offenen Karton Milch unter einem Haufen schmutziger Socken versteckt. Der Grund, warum sie altersmäßig so nah beisammen waren, war, dass Nicole Blair zur Welt gebracht hatte und Marsha Beatrice. Die beiden waren genau genommen Halbgeschwister, denn Nicoles und Marshas schwuler Freund Bruce war ihr Vater.

Genau in diesem Moment steckte ein Junge mit hellbraunen Haaren, schwarz umrandeter Brille und einem verwaschenen schwarzen T-Shirt, auf dem Albert Einstein die Zunge herausstreckte, den Kopf zur Tür herein. »Heißt das, wenn ich ihr sage, sie soll mein Zimmer aufräumen, dass sie das tun muss?«, fragte er.

Blair sah ziemlich genau so aus, wie Beatrice ihn

beschrieben hatte: etwas pummelig, mit einer ziemlich großen Nase und ein paar Flecken auf dem T-Shirt. Manche Mädchen – okay, die meisten Mädchen – hätten ihn wohl überhaupt nicht gut gefunden. Genau genommen hätten sie ihn wohl für ziemlich abstoßend gehalten. Und doch … hatte er irgendetwas. Vielleicht lag es gerade daran, dass er eben nicht *so* gut aussah und man deshalb davon ausgehen konnte, dass nicht scharenweise Mädchen auf ihn standen und die Konkurrenz dementsprechend übersichtlich war. Und andererseits war er auch nicht *so* hässlich, dass man sich nur für ihn interessieren konnte, wenn man offiziell blind war. Oder vielleicht lag es auch daran, dass es mich, als ich sah, wie er Orangensaft direkt aus dem Getränkekarton schlürfte, nicht ekelte, wie das sonst der Fall gewesen wäre. Es störte mich nicht. Als ich das *Gluck-Gluck-Gluck*-Geräusch hörte, das er dabei machte (auch etwas, das ich normalerweise total eklig gefunden hätte, aber diesmal nicht), kam ich auf den Gedanken, dass Blair Lerner-Moskovitz doch vielleicht mein Schwarm vor Ort sein könnte. Zumindest bis ich jemand Besseren gefunden hatte.

»Nicht für *eine Million* würde ich dein Zimmer betreten!«, empörte sich Beatrice. »Es ist so widerlich, da hausen bestimmt Ratten.«

Oh-oh. Ich war mir nicht sicher, ob ich für jemanden schwärmen konnte, der wirklich so schmuddelig war.

Ich meine, ich war zwar selbst ein bisschen unorganisiert und schlampig auf eine Ich-sehe-den-Sinn-nicht-warum-ich-meine-Klamotten-wegräumen-soll-wenn-ich-sie-am-Ende-doch-wieder-anziehe-Art, aber ich war nicht schmuddelschlampig.

»Klappe, Thusnelda«, konterte er. »Ich möchte dich darauf hinweisen, dass es eine Studie gibt, die besagt, dass fast jedes Genie in der Geschichte ein unordentliches Zimmer hatte. Das gehört einfach dazu, wenn man ein kreativer Mensch ist.« Ha, seine Argumentation gefiel mir. Ich konnte mir definitiv vorstellen, für jemanden zu schwärmen, der Unordentlichkeit wie etwas Gutes klingen lassen konnte. Ganz zu schweigen davon, dass mein Schwarm natürlich auch schlau sein musste, und wenn er Studien über Genies las, dann war er definitiv nicht auf den Kopf gefallen. Er zeigte auf mich. »Also, du bist Laura Moses' Stiefschwester?«, fragte er.

Ich seufzte. Ich könnte meinen Namen genauso gut von Lucy Beth Parker in *Lucy Beth Parker, Laura Moses' Bald-Stiefschwester* umändern, weil mich sowieso alle auf der Welt so nannten. Sogar Mr Kim vom Deli an der Ecke, und der sprach kaum Englisch. In der Schule wurde es langsam so nervig, dass ich schon darüber nachdachte, mir Visitenkarten machen zu lassen, auf denen steht: »Wenn ihr Informationen darüber wollt, wie Laura Moses so ist, besucht bitte ihre Webseite und HÖRT AUF, MICH ZU FRAGEN.«

»Ja«, antwortete ich. »Na ja, ich meine, noch nicht, sondern erst, wenn meine Mutter und ihr Vater geheiratet haben. Aber meine Mutter meint, es besteht kein Grund zur Eile«, plapperte ich drauflos. »Vor allem weil sie sich anscheinend nicht auf einen Ort für die Hochzeit einigen können. Meine Mutter wünscht sich irgendeinen Ort in der Natur und Alan – Lauras Vater – hat Angst vor Insekten.«

Mist. Zu viele Informationen. War das etwa ein Zeichen dafür, dass ich für ihn schwärmte? Andererseits war ich auch ins Schwafeln geraten, als ich neulich den Pizzaboten bezahlt und gemerkt hatte, dass man die Packung Maxibinden total sehen konnte, die aus der Einkaufstüte neben der Haustür herauslugte. Und weil ich nicht wollte, dass er dachte, die gehört mir, sagte ich: »Ach, übrigens, nur für den Fall, dass Sie glauben, diese Maxibinden gehören mir, es sind nicht meine. Die sind für Tante Rosa.« Das war übrigens eine ziemlich clevere Ausrede, denn erst eine Woche vorher hatte ich gelernt, dass Tante Rosa ein Synonym dafür war, seine Tage zu haben. Und in den Pizzaboten war ich definitiv nicht verknallt.

»Also, ja, sie wird meine Stiefschwester sein … irgendwann … ich weiß bloß nicht … wann …« Ich musste mir auf die Zunge beißen, damit ich den Mund hielt, und schrie auf: »Au!«

Er stieß einen sehr lauten, sehr ausgiebigen Rülpser

aus. Konnte ich ernsthaft für einen Typen schwärmen, der so rülpste? Ich schätzte, rülpsen war nicht so schlimm. Solange er keine wirklich ekelhaften Sachen machte wie *Oh, Susannah* mit den Achselhöhlen zu furzen. Da wäre dann für mich wirklich die Grenze erreicht. »Okay, man sieht sich«, sagte er und stapfte davon.

»Verstehst du *jetzt*, warum ich ihn so hasse?«, fragte Beatrice und wandte sich wieder ihren E-Mails zu.

Ich zuckte mit den Schultern. »Er scheint gar nicht so übel zu sein«, sagte ich und konzentrierte mich auf die Schuhbänder meiner lila Chucks. Mittlerweile war meine Sammlung auf zehn Paar angewachsen, aber die in Lila trug ich am häufigsten, weil Lila meine Lieblingsfarbe war. »Eigentlich dachte ich gerade … er könnte vielleicht mein Schwarm sein.«

Sie blickte von ihrem Computerbildschirm auf und prustete los. »Ich weiß ja, du sagst immer, dass du niemals Schauspielerin werden willst wie Laura, aber das war jetzt *richtig* gut.«

»Was meinst du?«

»Wie du das gesagt hast – es klang, als würdest du das wirklich so meinen. Ich meine, nur ein Vollloser würde sich in meinen Bruder verknallen. Kannst du dir das vorstellen? Allein die Idee … *C'est fou!*« *C'est fou* war Französisch und hieß »Das ist verrückt«.

Während Beatrice weiter analysierte, ob das »Bis bald« in Elis letzter E-Mail nun hieß, dass er sie bald anrufen würde oder dass sie ihn anrufen sollte oder dass sie beide bald mal chatten würden, stand ich auf. »Ich muss dann mal los«, sagte ich. Ich brauchte dringend Rat in dieser Schwarm-Sache – besonders was den Teil betraf, dass Beatrice mich für verrückt hielt, weil ich für ihren Bruder schwärmte. Meine Mutter ignorierte mich zwar völlig, seit wir nach New York gezogen waren, aber wenn ich ihr sagen würde, dass ich echt dringend mit ihr reden musste, dann würde sie mir schon zuhören. Logischerweise würde ich ihr nicht erzählen, was wirklich los war. Das wäre *viel* zu peinlich. Stattdessen würde ich natürlich die Nummer von wegen »Ich hab da 'ne Freundin …« abziehen.

Der Umzug nach New York, das Zusammenleben mit einem Superstar und die Tatsache, dass mich meine Mutter komplett ignorierte, mein Vater bald ein Baby bekam und ich alle sechs Wochen einen neuen BH brauchte, weil meine Möpse einfach nicht aufhören wollten zu wachsen, und ich noch immer nicht meine Tage bekommen hatte, machten die sechste Klasse schon schwierig genug für mich. Aber jetzt musste ich auch noch einen Schwarm finden, den meine BFF akzeptabel fand! Meine Güte. Was musste ein Mädchen noch alles aushalten?, fragte ich mich, als ich mit dem Aufzug nach oben fuhr.

Leider saß Mom, als ich wieder in die Wohnung kam, gerade mit ihrer total seltsamen neuen Freundin venus aus 2F am Küchentisch und trank Tee. Nicht dass sie bloß das »V« in ihrem Namen kleinschrieb, sondern sie verwendete einfach nie Großbuchstaben, nicht mal in einem der sieben Gedichtbände, die sie verfasst hatte. (»Mein Hauptanliegen besteht darin, der Idee Ausdruck zu verleihen, dass wir alle gleich sind, also warum sollte ich da einem Buchstaben eine größere Bedeutung einräumen als den anderen?«, erklärte sie mir, als ich sie einmal gefragt hatte, warum.)

Mom zufolge waren sie beide gleich alt (siebenundvierzig), aber venus sah viel älter aus, während Mom viel jünger wirkte. Ich denke, das lag daran, dass Mom zu ihren braunen, schulterlangen Haaren normale Sachen wie Jeans und T-Shirts trug, wohingegen venus immer so komische wallende, nachthemdmäßige Kaftane anhatte und ihre lockigen roten Haare immer mit Stäbchen zu einem riesigen Dutt hochsteckte. Mom zufolge war sie »extravagant, aber harmlos«. Zumindest hatte sie das vor ein paar Wochen zu Alan gesagt, das hatte ich durch die offene Tür meines Zimmers aufgeschnappt.

»Hallo, Schatz!«, rief Mom, als ich hereinkam.

»Hi«, erwiderte ich.

»Hallo, Lucy«, sagte venus mit so sanfter Stimme, dass ich es kaum hören konnte. So redete sie immer. Einmal hatte ich den Fehler gemacht, sie zu fragen, ob sie eine Kehlkopfentzündung hätte, und sie sagte:

»Warum sollte ich auf dieser Welt schreien, um gehört zu werden? Ich vertraue auf das Universum und darauf, dass diejenigen, die mich hören sollen, mich auch hören werden.«

»Warum setzt du dich nicht ein bisschen zu uns? Das wäre doch nett, und wir würden mal wieder Zeit miteinander verbringen«, meinte Mom.

Aber ich wollte keine Zeit mit meiner Mutter *und* ihrer Großbuchstaben hassenden Nachthemdfreundin verbringen – ich wollte mal wieder Zeit mit meiner Mutter *allein*. »Ähm, eigentlich ... wollte ich gerade ... noch mal meine Mathehausaufgaben durchschauen«, log ich. »Aber wenn ihr fertig seid, dann würde ich gern noch was mit dir besprechen.«

»Schatz, ist alles in Ordnung?«, fragte Mom.

»Ja, alles gut.« Eigentlich war gar nichts gut. Während der Fahrt im Aufzug nach oben hatte ich nämlich beschlossen, dass ich Blair als meinen Schwarm vor Ort behalten würde, auch wenn Beatrice mich dann für verrückt hielt, was bedeutete, dass ich sie entweder (a) davon überzeugen musste, dass sie falschlag, oder (b) ich sie anlügen müsste, was mich beides jedoch nicht gerade begeisterte.

Mom schnappte nach Luft. »Oh mein Gott, hast du deine Periode bekommen?« Sie wandte sich an venus. »Sie kann es nämlich kaum erwarten, ihre Periode zu bekommen.«

»Mom!«, schrie ich. Ich konnte nicht fassen, wie peinlich sie war.

»Erinnerst du dich noch daran, wie es war, in ihrem Alter zu sein und sich so zu fühlen?«, fuhr Mom an venus gewandt unbeirrt fort und ignorierte mich völlig. »Ist das nicht total süß?«

»Mom! Es reicht!«, brüllte ich, lauter diesmal. venus zuckte erschrocken zusammen. »Ich habe nicht meine Periode bekommen, okay?!«, rief ich. Wenn sie venus jetzt auch noch erzählte, dass ich mein Taschengeld für Maxi- und Minibinden ausgab, damit ich darauf vorbereitet war, wenn es so weit wäre, dann würde ich wirklich zurück nach Northampton ziehen, und das war mein voller Ernst.

Genau in dem Moment kam Alan herein. War ja klar. Denn ich konnte ja nicht eines dieser Leben haben, in denen peinliches Zeug bloß hin und wieder passierte. Ich musste natürlich eines dieser Leben haben, in denen JEDEN TAG peinliches Zeug passierte. »Du hast deine Periode bekommen?«, fragte er nervös. »Schon? Ist das nicht ein bisschen früh? Du bist doch noch nicht mal dreizehn. In dem Alter hat Laura ihre bekommen.« Ich fasste es nicht. Es reichte wohl nicht, dass sie nur mich in Verlegenheit brachten – jetzt zogen sie auch noch Laura mit rein, und die war nicht mal da, um sich zu verteidigen!

»Nein, ich habe meine Periode nicht bekommen,

okay?!«, sagte ich noch mal mit Nachdruck. »Ich geh jetzt in mein Zimmer.«

Während ich darauf wartete, dass Mom käme, um nach mir zu sehen, holte ich meine *Magic-Marker*-Stifte heraus, um die Titelseite meines neuen Schwarmprotokolls aufzumotzen. Ich ging sogar in Lauras Bad und lieh mir einen von ihren Fantastilliarden Lippenstiften aus (Kosmetikfirmen schickten ihr ständig kostenlos Zeug, weil sie ein Star war), damit ich ein paar Knutschabdrücke draufmachen konnte. Nach einer gefühlten Ewigkeit hörte ich, dass venus endlich abschwirrte. Also versteckte ich das Büchlein in meiner Nachttischschublade, damit Mom es nicht sah, wenn sie kam. Nach dem, was gerade passiert war, kam es überhaupt nicht infrage, dass ich sie davon wissen ließ. Bei meinem Glück würde sie es sonst in ihrem Pilateskurs der gesamten Upper West Side verkünden.

Endlich steckte Mom den Kopf zur Tür herein. »Gute Nacht, Schatz.« Sie gähnte. »Ich bin total fertig. Wir sehen uns morgen früh, okay?«

Ich konnte es nicht fassen, dass sie mich schon wieder ignorierte! »Hast du schon vergessen, dass ich was mit dir besprechen wollte?«

»Stimmt! Ja! Tut mir leid, Süße.« Sie kam herein und ließ sich aufs Bett plumpsen. »Was gibt es?«

Erwartete sie etwa, dass ich jetzt noch mit ihr redete? »Ach, vergiss es«, schnauzte ich.

»Lucy, ich hab doch gesagt, dass es mir leidtut. Mein Kopf ist heute ganz matschig. Also, sag mir, was los ist.«

»Nichts. Vergiss es einfach. Ich komm schon allein damit klar. Ist keine große Sache«, erwiderte ich. Ich gähnte, so fest ich konnte. »Ich bin plötzlich auch echt müde.« Ich stand vom Bett auf, zerrte sie hoch und bugsierte sie zur Tür. »Gute Nacht. Wir sehen uns morgen früh«, sagte ich, schob sie nach draußen und machte die Tür hinter ihr zu.

So viel zu meiner naiven Hoffnung, ich könnte tatsächlich auf die Hilfe meiner *Mutter* zählen.

Zweites KAPITEL

Liebe Dr. Maude,

ich weiß, dass ich Ihnen erst neulich geschrieben habe, aber jetzt musste ich mich einfach noch mal melden, weil alles noch viel komplizierter geworden ist. Erinnern Sie sich noch, dass ich Ihnen erzählt hatte, dass mich meine Mutter weitgehend ignoriert? Tja, Sie können das »weitgehend« streichen. Jetzt ignoriert sie mich TOTAL. Wie neulich, da hab ich ihr gesagt, dass ich dringend etwas mit ihr besprechen müsste, und als sie dann in mein Zimmer kam, um mir Gute Nacht zu sagen, hatte sie es schon wieder komplett vergessen.

Also, das wäre die eine Sache, zu der ich unbedingt Rat bräuchte. Die andere ist das Schwarm-Problem. Laut Beatrice brauche ich unbedingt einen Typen, für den ich schwärme, denn wenn ich keinen habe, könnten die Leute denken, ich sei seltsam. Übrigens ist das

auch einer der Gründe, warum mich meine Ex-BFFs Rachel und Missy abserviert haben. Streng genommen muss man sogar drei Schwärme haben – einen vor Ort, einen Ferienschwarm und einen Promi-Schwarm –, aber ehrlich gesagt würde mir einer reichen. Und ich glaube, ich habe auch einen gefunden: Blair Lerner-Moskovitz, Beatrice' Bruder. Aber das Problem dabei ist: Ich habe es Beatrice nicht gesagt, obwohl wir BFFs sind und das doch genau das ist, was man eigentlich mit seiner BFF besprechen sollte. Ich habe ja versucht, es ihr zu sagen, aber sie dachte, ich mach Witze, weil sie allein die Vorstellung, dass jemand ihren Bruder mögen könnte, total verrückt findet.
Okay, vielleicht sieht er nicht so gut aus wie Connor Forrester. (Sie wissen doch bestimmt, wer das ist, oder? Dieser vierzehnjährige Schauspieler, der den Sohn in diesem Film *Und da waren es vier* spielt, über diese Familie, die einen Schimpansen adoptiert?) Aber er sieht auch nicht TOTAL übel aus. Außerdem ist er kreativ. Und er scheint auch schlau zu sein, was eine sehr wichtige Eigenschaft ist für jemanden, für den man schwärmt. Natürlich muss ich ihn noch ein bisschen besser kennenlernen, aber als ich mich heute in meinem Klassenzimmer umgesehen hab, musste ich feststellen, dass da nicht gerade viele gute Schwarm-Kandidaten rumsitzen. Entweder bohren sie in der Nase (Sam Rothenberg) oder sie kippeln die ganze

Zeit mit dem Stuhl (Charlie Bivins) oder sie vergleichen alles mit einem Computerspiel (Theo Morgan). Und die, die einigermaßen gehen, sind schon von meinen Freundinnen besetzt: Max Rummel (Alice) und Chris Linn (Beatrice).
Ich bin nicht sicher, was ich jetzt machen soll. Ich will nicht, dass meine BFF denkt, ich hätte einen schrecklichen Jungsgeschmack, aber es fühlt sich auch komisch an, das vor ihr zu verheimlichen. Dieser ganze Jungskram ist völlig neu für mich. Ich werde mal versuchen, Laura um Rat zu fragen, aber sie hat auch nicht so viel Erfahrung mit normalen Teenager-Problemen, abgesehen von ihrer Fernsehserie.

MfG
Lucy B. Parker

PS: Bitte – falls Sie BLM im Aufzug sehen, sagen Sie ihm nicht – ich wiederhole – NICHT, dass ich für ihn schwärme. Danke.

PPS: BLM = Blair Lerner-Moskovitz

PPPS: Glauben Sie, dass man seine Tage eher bekommt, wenn man für jemanden schwärmt?

Als Alan zum ersten Mal mit dieser IKA-Idee ankam, hielt ich sie für ziemlich bescheuert, aber jetzt war ich froh über die IKA von Laura und mir am Sonntag, denn dadurch bekam ich die Gelegenheit, mit ihr über Blair zu reden. Als Mom und ich eingezogen waren, hatte Alan darauf bestanden, dass wir wöchentlich offizielle Parker-Moses-Familienkonferenzen abhielten. Und bei einer der ersten offiziellen Parker-Moses-Familienkonferenzen ging es beim Tagesordnungspunkt Nummer eins (Laura und Alan waren immer super organisiert) um die Individuellen Kennenlernaktionen. Alan meinte, damit wir eine glückliche Patchworkfamilie würden (also nicht wie die Patchworkfamilie von Marissa, wo ständig mit den Türen geknallt wurde und alle zur Therapie mussten), sollten wir alle Individuelle Kennenlernaktionen – also IKA – mit den anderen Familienmitgliedern haben.

Mom und Laura waren beide Naturliebhaberinnen (*laaangweiliiig!*), also bestanden ihre IKA normalerweise aus einem Spaziergang im Park. Alan und ich verbrachten unsere IKA für gewöhnlich im Apple-Store, (a) weil er, obwohl er ein Kerl war und sich eigentlich mit Computern auskennen müsste, es immer irgendwie schaffte, etwas an seinem *MacBook* oder seinem *iPhone* zu schrotten, das die Leute an der *Genius Bar* dann wieder hinbiegen mussten, und (b) weil ich schrecklich gerne einen *iPod Touch* haben wollte, und eine IKA gab mir die Gelegenheit, ihm all die Gründe aufzuzeigen, warum es so wichtig war, dass ich einen bekam (»Weil das Display so gut ist, spart Mom und du jede Menge Geld für Brillen, weil ich nicht immer die Augen zusammenkneifen muss, wenn ich lese!«)

Das ganze IKA-Ding war einer der Gründe, warum ich sauer auf Mom war. Ich meine, klar, wir kannten uns schon ziemlich lange, also brauchten wir nicht unbedingt eine Kennenlernaktion, aber gemeinsame Zeit brauchten wir schon. Aber anstatt dass wir bei unseren IKA Sachen machten, die Spaß machen, wie sagen wir mal shoppen oder uns die Katzen in der Tierhandlung anschauen, gingen wir beispielsweise zum Zahnarzt. Oder zu einem anderen Arzt. Oder – und das war mit Abstand das Schlimmste – ins *Orchard Bustier Center* an der Lower East Side, um BHs für mich zu kaufen. Büstenhalter kaufen war ja so schon schrecklich genug, aber das *Orchard Bustier Center* war noch schlimmer als *Barbaras BH-Welt* zu Hause in Massachusetts. Es gab nicht mal richtige Umkleidekabinen. Man ging einfach in den hinteren Bereich des Ladens und stellte sich hinter ein gespanntes Laken. Dann brüllte einen die steinalte Verkäuferin an, dass man mit dem Zappeln aufhören solle, und sah einem dabei zu, wie man die BHs anprobierte. Meiner Meinung nach war das Folter und keine schöne gemeinsame Unternehmung.

Laura und ich verbrachten unsere IKA normalerweise mit Shoppen. Eine der Regeln für die IKA lautete, dass man sich immer abwechselnd aussuchen durfte, wohin es ging. Also mussten wir bloß dann langweilige Sachen machen, wie in den *Container Store* oder *Jack's-99-Cent*-Laden gehen, wenn Laura mit Aussuchen dran war. Es war echt seltsam, dass ein Megastar, der so reich war, dass er es sich vermutlich leisten könnte, jeden Tag ein brandneues Outfit (Schuhe inklusive) anzuziehen, ausgerechnet in solche Läden gehen wollte. Aber sie war ganz verrückt danach. Ich schätze, zum Teil lag das daran, dass sie eigentlich gar keine Klamotten einkaufen musste, weil sie ja Zoë hatte, ihre Stylistin, die für sie einkaufte und jede Menge Zeug für sie anschleppte, von dem sie sich dann etwas aussuchen konnte. Ein anderer Grund war, dass Laura es einfach liebte, Ordnung zu schaffen, und da war sie im *Container Store* mit seinen ganzen Schachteln und Kästchen und Ablagesystemen natürlich genau richtig.

Wenn ich mit dem Aussuchen an der Reihe war, entschied ich mich für *Urban Outfitters* (meinen neuen Lieblingsladen neben *H&M*, weil es in Manhattan keine *Targets* gab) oder für die Secondhandläden unten in Chelsea oder im West Village, weil es dort eine große Auswahl an Hüten gab. Kurz bevor das Schuljahr begonnen hatte, hatte ich mir einen neuen Look für die sechste Klasse zulegen wollen und einen meiner Zöpfe für eine halbe Stunde zwischen Moms Glätteisen geklemmt, was, wie sich dann herausstellte, leider keine besonders gute Idee war. Außer man möchte seine Haare verkokeln und sie sich dann so kurz abschneiden lassen, dass man aussieht wie ein Rieseneierkopf mit Ohren und nur noch mit einem Hut rausgehen kann. Schließlich hatte Lauras Hairstylist Roger es wieder hingebogen, aber die ganze Sache war echt peinlich. Auch wenn meine Haare seit dem Glätteisen-Zwischenfall schon wieder ganz schön gewachsen waren, setzte ich an meinen Bad-Hair-Days noch immer gerne Hüte auf.

Anfangs war Laura bei den Secondhandläden immer richtig ausgeflippt, wegen ihrer Keimphobie. Aber seit Annie Lee, die Frau, der die Reinigung bei uns um die Ecke gehörte, sie hatte überzeugen können, dass alles Eklige durch die chemische Reinigung beseitigt wurde, war sie ganz relaxt. Genau genommen shoppte sie jetzt auch ganz gerne dort, weil sie da jede Menge komische Anziehsachen fand, die sie als Verkleidungen benutzen konnte, damit sie nicht total belagert wurde, wenn wir zum *Container Store* oder zu *Jack's* gingen.

Auch wenn ich Alan anfangs für verrückt gehalten habe, musste ich zugeben, dass die IKA-Sache funktionierte, denn als Laura zum ersten Mal einen Hut im Secondhandladen auf der Siebzehnten Straße anprobierte, ohne komplett auszuticken, war das wirklich ein Moment, der uns einander näherbrachte. Besonders nach dem Hut-Zwischenfall. Denn als wir uns zum ersten Mal begegnet waren, damals in Northampton, als der Regisseur von Lauras Film mir meinen Hut vom Kopf nahm und ihn ihr aufsetzte, war sie total ausgeflippt und hatte mich beschuldigt, ich hätte Läuse, und es ist schon ziemlich fies, das von jemandem zu behaupten. Wenn man so bloßgestellt wird, dann ist es wirklich kein Wunder, wenn man nicht gerade glücklich darüber ist, wenn seine eigene Mutter (a) dieser fiesen Person dann Nachhilfe gibt und (b) auch noch anfängt, mit deren Vater anzubandeln.

Da ich diesmal damit dran war, das IKA-Ziel zu bestimmen, landeten Laura und ich in *Andy's Chee-Pees* an der Achten Straße. Jetzt, da ich für Blair schwärmte, hatte ich beschlossen, dass ich ein paar neue Outfits brauchte, für den Fall, dass ich ihm nun regelmäßig über den Weg lief. Ich schnappte mir eine Strickjacke mit einem falschen Pelzkragen, wie ich hoffte, legte sie dann aber zurück, weil ich feststellen musste, dass er echt war. Ich schaute zu Laura rüber, die sich gerade den Schmuck ansah. In ihrem Latzhosen/Baseballkappen/Katzenaugenbrillen-Outfit, das wir ihr im Secondhandladen an der Dreiundzwanzigsten Straße gekauft hatten, war Laura fast nicht wiederzuerkennen. In der U-Bahn hatte ich sogar gehört, wie ein Mädchen seiner Freundin zuflüsterte: »Das Mädchen da drüben sieht aus wie Laura Moses für Arme.«

Konnte ich Laura mein Geheimnis über Blair anvertrauen? Da sie die meiste Zeit am Set ihrer Fernsehserie verbrachte (wenn sie in die Schule ging, dann in eine, in die lauter Kinder gingen, die auch entweder Schauspieler, Tänzer oder Sänger waren), war es nicht so, als hätte sie eine Million Freunde, denen sie es erzählen könnte. Ehrlich gesagt war es ziemlich traurig, aber ihre drei BFFs waren Jaycee, ihre persönliche Assistentin, Maya, ihre Visagistin, und Roger, der ihr die Haare machte. Und Maya und Roger waren schon voll alt – über dreißig. Aber was, wenn wir einmal einen Riesenstreit hätten und sie es dann auf ihre Webseite stellte? Ich wollte wirklich nicht, dass die Kids in Japan und in der Türkei wussten, dass ich in Blair Lerner-Moskovitz verknallt war.

Laura war schon den ganzen Vormittag über ziemlich schweigsam gewesen. Das konnte entweder bedeuten, dass sie (a) müde war oder dass (b) ihre Hormone verrücktspielten und sie auch noch total launisch würde. Je besser ich sie im Laufe der letzten paar Wochen kennengelernt hatte, desto besser konnte ich sie einschätzen. Was ich zum Beispiel anfangs für Hochnäsigkeit gehalten hatte, weil sie so berühmt war, war eigentlich bloß Schüchternheit. Wir hatten sogar einiges gemeinsam, wie zum Beispiel, dass wir beide leicht Pickel auf der Stirn bekamen und von unseren besten Freundinnen abserviert worden waren. Laura war von Sequoia die Freundschaft gekündigt worden, die auch berühmt war und auch in der TV-Serie ihre BFF spielte. Aber es war auch nicht so, dass zwischen uns alles vollkommen geschmeidig lief. Als Mom und Alan verkündet hatten, dass die Sache zwischen ihnen ernst geworden war und dass wir zusammenziehen würden, hatte sich Laura total arschig aufgeführt.

Aber wenn einer das Recht hatte, sich aufzuführen, dann ja wohl ich. Schließlich war *ich* es, die die Arschkarte gezogen hatte. Ich war es, die ihre Heimatstadt verlassen und nach New York hatte ziehen müssen, eine Stadt, in der man sich ziemlich leicht verlaufen kann, obwohl alle Straßen nummeriert sind. *Ich* war es, die in eine neue Schule gehen musste, wo die anderen Kids so unfreundlich waren, dass ich meine Mittagspause die ersten zwei Tage auf der Schultoilette hatte verbringen müssen. *Ich* war diejenige, die auf ihren Vater und auf unsere gemeinsamen Monopoly-Mittwochabende und Pizza-Freitagsabendessen verzichten musste. Auch wenn bald dieses Wesen (Dad und Sarah hatten beschlossen, sich überraschen zu lassen, ob es ein Junge oder ein Mädchen wurde, also war ich gezwungen, es so zu nennen) auf die Welt kommen würde und ich vermutlich sowieso komplett abgeschrieben wäre, sobald es geboren war.

Abgesehen davon war New York eigentlich gar nicht *so* schlecht. Genau genommen hatte es einen Haufen total cooler Seiten, wie zum Beispiel meinen Portier

Pete. Und die Cupcake-Qualität (*Billy's Bakery* an der Neunten Straße war mein Lieblingsladen). Und wenn Laura nicht gerade total schlecht gelaunt war, machte es richtig Spaß, mit ihr rumzuhängen. Es war eigentlich ziemlich nett, eine ältere Fast-Schwester zu haben, die man Dinge fragen konnte, die man nicht unbedingt mit seinen Eltern besprechen wollte. Wie, sagen wir mal, Liebesdinge.

Ich ging rüber zu ihr. »Du, Laura?«

»Ja?«, sagte sie und legte mir erst eine türkise Perlenkette um den Hals und dann noch eine korallenfarbene. Ich wäre nie auf die Idee gekommen, die beiden zu kombinieren, aber es sah super aus. Ich fand eigentlich, dass ich ein ziemlich gutes Gespür für Mode hatte. Meine Regel Nummer eins lautete: »Je mehr Farbe, desto besser.« An diesen Leitspruch glaubte ich so sehr, dass ich ihn sogar in mein Ratschläge-Buch geschrieben hatte, auch wenn das Notizbuch streng genommen eigentlich nur für Ratschläge von anderen Leuten gedacht war. Aber wenn es um Accessoires ging, war Laura unschlagbar. Außerdem war sie nicht bloß großzügig darin, mir Tipps zu geben, sondern sie kaufte mir auch oft Accessoires. Erst letzte Woche hatte sie mir diese wirklich coole lila Seidenblumenhaarspange geschenkt, die ich seitdem jeden Tag trug.

»Hast du schon mal von dieser Drei-Schwärme-Regel gehört?«, fragte ich.

»Du meinst vor Ort, Fernschwarm und Promi?«, erwiderte sie und nahm einen Schal vom Tisch, drehte ihn zu einem Stirnband ein und wickelte ihn mir um den Kopf. Sie hatte echt ein Händchen für so was. Es war ein bisschen so, als würde man jemandem dabei zuschauen, wie er Luftballontierchen macht.

Wie konnte jemand, der so *gar keine* normale Jugendliche war, darüber Bescheid wissen? Und, noch wichtiger, wie konnte es sein, dass ich bis vor Kurzem nichts davon gewusst hatte? »Ja, genau. Also, äh, du hast doch mal von Austin Mackenzie erzählt, der ist doch dein Promi-Schwarm, oder? Aber wer ist dann dein … Fernschwarm?«

»Austin«, antwortete sie.

»Warte mal. Man darf dieselbe Person in verschiedenen Kategorien haben?«, hakte ich nach.

Sie nickte.

Ich zückte mein Büchlein und notierte fix: *Falls man Probleme hat, mehrere Schwärme zu finden, sollte man überlegen, ob man nicht dieselbe Person als Fern- und als Promi-Schwarm nehmen kann.* Das war zwar ein Rat, der nicht unbedingt für andere Leute außer mir hilfreich war, aber trotzdem war es ein Rat.

»Und wer ist dein Schwarm vor Ort?«, fragte ich.

»Ich bin gerade zwischen zwei örtlichen Schwärmereien«, sagte sie. »Aber wenn ich beim Dreh in L. A. bin, dann ist es Austin.«

Ich hatte ja keine Ahnung gehabt, dass sie Austin so mag! Unsere IKA dauerte noch nicht mal eine Stunde und hatte schon ihren Zweck erfüllt. Wir kannten uns schon jetzt besser als je zuvor. »Also kann man dieselbe Person sogar in *drei* Kategorien nehmen?!«

Sie nickte wieder.

Wow. Vielleicht war das der Trick – man musste bloß einen Promi finden, der in derselben Stadt wohnte wie man selbst, aber auch oft bei Drehs woanders war, dann konnte er zugleich sowohl der örtliche als auch der Fernschwarm sein!

»Und welche sind deine?«, wollte sie von mir wissen, während sie hinüber zu den Brillen ging und verschiedene Fassungen mit Plastikgläsern ausprobierte.

»Ich versuche gerade, es herauszufinden. Kann der Promi-Schwarm auch eine Zeichentrickfigur sein?«, fragte ich.

»Nö. Der muss schon echt sein.«

Ich seufzte. So viel zu meiner Idee, Stewie aus *Family Guy* zu nehmen. »Okay, also, was den Fernschwarm betrifft, würde ich sagen, Andrew Milton aus meiner alten Schule in Northampton.«

Sie sah mich verwirrt an. »Ich hab dich noch nie von ihm reden hören.«

Ich zuckte mit den Schultern. »Na ja, stimmt – das liegt daran, dass ich ihn eigentlich nicht besonders gut kenne«, gab ich zu. »Er saß in Mrs Klines Klasse schräg vor mir. Aber er ist süß. Ich meine, zumindest seine linke Gesichtshälfte, denn mehr hab ich von ihm eigentlich nie gesehen. Und er lebt in einer anderen Stadt als ich.«

»Und wer ist dein Schwarm vor Ort?«, fragte sie.

Ich atmete tief durch. »Darüber wollte ich eigentlich mit dir reden. Ich glaube, ich hab jetzt herausgefunden, wer es ist. Aber, wenn ich es dir sage, dann darfst du es niemandem weitersagen, okay?«

»Okay«, sagte sie.

»Schwörst du auf Miss Piggy?«, fragte ich. Miss Piggy war meine Katze, die riesig und ziemlich fies war. Na ja, zumindest fies zu *mir*, was voll unfair war, wo ich doch diejenige war, die sie fütterte. Aber von Laura ließ sich Miss Piggy die ganze Zeit streicheln, und Laura mochte Haustiere noch nicht mal, wegen der ganzen Haare und Keime. Aber sie mochte Miss Piggy mittlerweile so sehr, dass sie nicht mal mehr ausflippte, wenn sie Haarknäuel auf ihre Tagesdecke kotzte (und da Miss Piggy echt faul war und den lieben langen Tag nichts anderes machte, als rumzuliegen, zu fressen und sich zu putzen, kam das ziemlich oft vor). Mein Plan war ja, Mom und Alan davon zu überzeugen, dass wir ein neues Katzenjunges bekämen, damit ich ihm vom ersten Tag an beibringen könnte, mich am liebsten zu mögen.

Laura verdrehte die Augen. »Ja, ich schwöre auf Miss Piggy.«

Da wusste ich, dass ich ihr vertrauen konnte. »Es ist Blair. Beatrice' Bruder.«

»Moment mal – Blair? Ich glaube, ich hab ihn neulich mal im Aufzug mit ihr gesehen. Hat er lauter Pickel auf der Stirn?«

Ich nickte.

»Und er ist ein bisschen … äh …«

»Pummelig?«, schlug ich vor.

»Ja«, bestätigte sie. »Das ist dein Schwarm?«

Ich nickte wieder, aber ich spürte, wie ich nervös wurde. Vielleicht war es doch keine so gute Idee gewesen, es ihr zu erzählen. Vielleicht würde sie jetzt denken, dass ich, weil Blair nicht so süß war wie Austin Mackenzie, einen ziemlich schlechten Geschmack hatte, und mich, obwohl sie mich bisher eigentlich ganz cool fand, jetzt überhaupt nicht mehr cool finden. Vielleicht wollte sie jetzt, da ich ihr das Geheimnis anvertraut hatte, nicht mehr mit mir befreundet sein, auch wenn sie jeden Tag Tür an Tür mit mir schlafen musste.

»Oh. Äh, er … hat ganz hübsche Augen«, sagte sie schließlich.

Daran hatte ich noch gar nicht gedacht, aber es stimmte. Sie hatten einen ziemlich hübschen Blauton. Oder vielleicht waren sie auch grün. Andererseits hätten sie auch braun sein können, denn ich konnte mich nicht genau erinnern. »Ja, schätze schon. Und er ist klug, was auch gut ist. Und kreativ. Oh, und er ist im

Schachklub und im Schulorchester, weil er Klarinette spielt«, fuhr ich fort. »Also ist er ziemlich vielseitig und so.«

»Hm. Ich hätte dich jetzt nicht für die Art von Mädchen gehalten, das auf jemanden steht, der im Schachklub ist … süß«, meinte sie.

»Aber er ist definitiv einer der cooleren Leute im Schachklub, das merkt man sofort, wenn man mit ihm redet. Er ist jetzt kein totaler *Nerd* oder so. Beatrice meint, ihre Mutter will, dass er da hingeht, weil es sich später mal gut bei der Collegebewerbung macht«, erklärte ich. »Aber es gibt da zwei Dinge, bei denen ich deinen Rat bräuchte. Erstens, jetzt, wo ich einen Schwarm habe, weiß ich nicht so genau … na ja, was ich *machen* soll.«

»Ach, das ist leicht. Als Erstes googelst du ihn mal richtig«, sagte sie, nahm ihre Baseballkappe ab und probierte einen Sonnenschlapphut auf. Als sie das tat, ohne wegen der ganzen Bakterien auszuflippen, fühlte ich mich richtig stolz, so wie wenn man es geschafft hat, einen Welpen stubenrein zu machen. »Das habe ich auch mit Austin gemacht.«

Ich ging rüber zum »Bands der 80er«-Regal und pickte mir ein T-Shirt heraus, auf dem DURAN DURAN stand. Doch als ich sah, dass es schon so verschlissen war, dass man meinen BH durchsehen würde, stopfte ich es wieder zurück. Ich legte nun wirklich keinen Wert darauf, dass die Leute meinen BH sehen konnten, besonders wo mein Busen immer größer wurde. »Das mit dem Googeln hab ich schon gemacht«, erwiderte ich. »Aber das hat nicht viel ergeben.« Abgesehen von einem Foto von Blair bei seiner Bar Mitzwa aus dem Newsletter der Emanu-El-Synagoge und einer Erwähnung, weil er im vergangenen Jahr beim Juniorenturnier des Manhattan-Schachklubs den dritten Platz gemacht hatte, war überhaupt nichts dabei rausgekommen.

»Tja, dann *einunddreißige* ihn doch mal. Das macht Madison immer, wenn sie jemanden toll findet.« Madison war die Figur, die Laura in ihrer Serie spielte. Madison war total jungsverrückt, was bedeutete, dass sie in der Serie die meiste Zeit (a) über den Jungen redete, für den sie diese Woche gerade schwärmte, (b) an ihn dachte oder (c) sich vor ihm zum Vollhorst machte.

»Ich weiß nicht … Irgendwie finde ich das mit dem Einunddreißigen ziemlich bescheuert.« Einunddreißigen bedeutete, dass man mit der Tastenkombination **31#* seine eigene Nummer unterdrückte, wenn man jemanden anrief, bloß damit man dann seine Stimme »Hallo? Hallo?« sagen hören konnte, er aber nicht wusste, wer ihn da anrief. Alice machte das die ganze Zeit bei Max Rummel. Aber weil sie, wie mein Vater es ausdrücken würde, »nicht gerade die Hellste« war, vergaß sie manchmal, die *31#-Tastenkombination zu drücken, also wusste er trotzdem, wer ihn da ständig anrief. Außerdem hatte ich Angst, dass ich mich aufgrund meines Koordinationsproblems vielleicht vertippen und dann in Indien oder sonst wo anrufen würde. Und dann bekäme ich auch noch richtig Ärger wegen der Telefonrechnung.

»Und was ist die zweite Sache?«, fragte sie.

»Ach, na ja, es ist so, ich habe versucht, Beatrice zu sagen, dass er mein Schwarm ist, aber sie dachte, ich mach bloß Witze.«

Sie nickte. »Ja, das kann ich gut verstehen.«

Ich seufzte. »Vielleicht sollte er doch nicht mein Schwarm sein.«

»Nein, nein! Vergiss, was ich eben gesagt habe. Ich bin sicher, er ist wirklich cool.«

Ich suchte in ihrem Gesicht nach Anzeichen dafür, dass sie das auch so meinte. Sie sah nicht so aus, als würde sie lügen, aber bei einer Schauspielerin war das natürlich schwer zu sagen, weil das ja ihr Job war. »Oh, was ich noch vergessen habe zu sagen – als ich mich mit ihm unterhalten hab, bin ich ganz nervös geworden und hab viel zu viel geredet. Das ist doch ein gutes Zeichen, oder?«, fragte ich hoffnungsvoll. »Ich meine, ein Zeichen dafür, dass ich echt für ihn schwärme? Weil, weißt du, ich bin mir da nicht vollkommen sicher, da ich ja noch nie einen Schwarm hatte.«

Ich war mir einfach nicht sicher, wie es sich anfühlte, wenn man in jemanden verknallt war. Ich wusste bloß, dass ich mir in letzter Zeit ziemlich viele Gedanken darüber machte.

»Auf jeden Fall!«

»Na ja, und jetzt weiß ich nicht, was ich tun soll, weil ich Beatrice ja nicht anlügen will, aber ich will sie auch nicht als Freundin verlieren, verstehst du?«

Laura nickte. »Verstehe. Hey, ich denke, wir sollten Pete fragen, was er dazu sagt.«

»Meinst du?«

Sie zuckte mit den Schultern. »Warum nicht? Er sagt doch immer, dass er ein Doppeldiplom in Liebesdingen und Lebensfragen hat.«

»Stimmt«, räumte ich ein. Pete war zweimal verheiratet und mehrfach verlobt gewesen, also hatte er viel Erfahrung in Liebesdingen. Und da er auf so ziemlich alles eine Antwort hatte – von der Frage, wo in Manhattan man die besten Falafeln bekam, bis zu der, wie man für Weltfrieden sorgen konnte –, war es einen Versuch wert.

»Du bist in Blair verknallt?«, fragte Pete später, als Laura und ich nach unserer IKA wieder zu Hause ankamen und es uns auf der Couch in der Eingangshalle des Hauses bequem machten.

Ich nickte und schielte nervös zu Laura rüber.

»In den Blair, der in der 10D wohnt, Blair Lerner-Moskovitz?«, fragte er irritiert. »Der aus dem Schachklub?«

Ich nickte wieder und lief rot an. Mein nächster Schwarm würde definitiv nicht im Schachklub sein.

»Hm … okay«, sagte er und zuckte mit den Schultern. »Wie Mrs Weinberg aus 5F immer zu sagen pflegt: ›Jeder Topf hat seinen Deckel.‹«

Ich war mir nicht ganz sicher, was das heißen sollte, aber ich fand, es klang gut. »Also, was soll ich deiner Meinung nach tun?«, fragte ich ihn.

Nachdem Pete Mrs Lamstein aus 3F mit einem höflichen Tippen an den Hut begrüßt hatte, stieß er einen tiefen Seufzer aus und fing an, sich ausgiebig am Kinn zu kratzen. Das tat er immer, bevor er einen seiner Ratschläge gab. »Hm … lass mich mal nachdenken … zwölf Jahre … du … Blair Lerner-Moskovitz …«

Laura und ich sahen uns an, und ich versuchte, nicht die Augen zu verdrehen. Pete wiederholte immer erst alles, was man ihm gerade erzählt hatte, was ziemlich nervig sein konnte, wenn man dringend einen Rat brauchte.

»Okay, okay – ich hab's!«, verkündete er schließlich. »Was du tun solltest, ist Folgendes …«

»Warte! Warte!«, rief ich und kramte nach meinem Notizbuch und einem Stift. »Ich muss mir das aufschreiben.« Als ich beides bereit hatte, sah ich ihn an. »Okay – leg los.«

»Was du tun musst, ist Folgendes …«

Ich zückte den Stift.

»… sei einfach du selbst«, sagte er.

Ich ließ mich zurück gegen die Sofalehne plumpsen und seufzte. »Aber das ist ja derselbe Rat, den du mir gegeben hast, als ich dir erzählt habe, dass ich mir Sorgen mache, in der Schule keine Freunde zu finden!« Ich blätterte zurück zur ersten Seite meines Büchleins mit den Ratschlägen. »Siehst du? Da steht's.«

»Ja, und es hat funktioniert, oder?«, meinte er, während er einem Boten die Lieferung von der Reinigung quittierte und sie in den Schrank hinterm Empfang hängte. Das mochte Mom an New York am liebsten (also, abgesehen von Alan), man musste sich nie Gedanken machen, ob man zu Hause war, weil der Portier alle Lieferungen für einen annahm.

»Na ja, bei Beatrice schon«, sagte ich.

»Und bei Alice«, fügte Laura hinzu.

Ich verdrehte die Augen. »Ach komm, Alice würde sich sogar mit einem Stuhl anfreunden, wenn sie könnte.« Weil Laura nicht viel Erfahrung mit Freundschaften hatte, kapierte sie nicht, dass manche Freunde so nervig waren, dass man sich fragen musste, ob es sich überhaupt lohnte, sie zu haben.

»Sieh mal, Lucy«, sagte Pete, »ich war zwar nie auf

dem College oder so, aber eins kann ich dir sagen: Wenn du nicht du selbst bist, dann wendet sich das am Ende irgendwann gegen dich. Und ich bin ein Portier – wir kennen uns mit so was aus.«

Aber ich war noch immer nicht überzeugt. Man selbst zu sein, damit man ein oder zwei Freunde fand, mit denen man mittagessen konnte, war eine Sache, aber wenn es um die Liebe ging, war die Sache viel komplizierter. »Okay, aber da gibt es noch was, wozu ich deinen Rat bräuchte.«

»Frag nur«, meinte er.

Ich fing ganz am Anfang an und erzählte ihm von der Drei-Schwärme-Regel und von Beatrice' Reaktion auf mein Geständnis, dass ich in Blair verknallt war.

»Ach, das ist leicht«, sagte er, nachdem ich fertig war.

Ich zückte wieder meinen Stift, nur für den Fall, dass der Rat, den er mir jetzt gab, auch wirklich nützlich wäre.

»Echte Freunde verurteilen dich nie für deine Vorlieben oder Abneigungen«, erklärte er. »Sie akzeptieren dich einfach so, wie du bist.«

Ha, *das* war jetzt aber mal ein Rat! Er gefiel mir so gut, dass ich ihn sogar ganz in Großbuchstaben in mein Büchlein schrieb. Es stimmte – Beatrice aß jeden Tag Sardinensandwiches, die nicht bloß (a) übel rochen, sondern die ich (b) persönlich auch echt widerlich fand, und trotzdem saß ich (c) beim Mittagessen neben ihr und wollte (d), dass sie meine BFF war.

»Oh – das ist gut«, sagte Laura zustimmend. »Wäre es okay, wenn ich das unserem Chef-Drehbuchschreiber sage, damit er es vielleicht für eine Folge von Madison verwendet? Ich glaube, das wäre super für eine der Sonderfolgen.«

»Nur zu«, antwortete Pete.

Da klingelte Lauras Handy. »Das ist Howard«, meinte sie nach einem Blick aufs Display. Howard war ihr Agent. »Oh Gott – vielleicht ist es ja wegen diesem Film mit Austin Mackenzie!«, rief sie atemlos und rannte in eine Ecke, um den Anruf dort entgegenzunehmen. Eine Woche zuvor war Laura bei einem Vorsprechen für eine Rolle als Filmpartnerin von Austin Mackenzie in dem Film *Twilight – Auf der dunklen Seite des Mondes* gewesen. Darin ging es um ein Mädchen, das halb Hexe ist und sich in einen Jungen verliebt, der halb Vampir ist. Es war eine Art Romeo-und-Julia-Geschichte, denn natürlich waren ihre beiden Familien nicht erfreut darüber, weil sie ja unterschiedlichen Spezies angehörten. Laura meinte, das Drehbuch sei richtig gut. Nach einer Minute legte sie auf, quietschte los und vollführte ihren kleinen Glückstanz. (Falls die Paparazzi jemals ein Bild davon geschossen bekämen, dann würde die Schlagzeile dazu wohl lauten: »Laura Moses hat Epilepsie!« Das ist diese Krankheit, bei der man unter Krampfanfällen leidet.) Also dachte ich mir schon, dass es sich um gute Neuigkeiten handelte.

»Ich hab die Hauptrolle!«, kreischte sie.

»Das ist ja genial!«, kreischte ich zurück. Das war eine große Chance für sie, denn es würde sie mal in einem anderen Licht zeigen als bloß in der Rolle des netten Mädchens von nebenan. Zumindest hatte ich aufgeschnappt, wie Alan das vor ein paar Tagen zu Mom gesagt hatte.

Plötzlich erstarrte sie und wurde ganz bleich. »Warte mal. Lucy, weißt du, was das heißt?«

»Dass du nach L. A. fahren wirst und deinen eigenen Wohnwagen bekommst und beim Set-Catering alles essen darfst, was du willst?«, erwiderte ich. Laura zufolge gab es beim Set-Catering tonnenweise Snacks – Kekse, Chips, Früchte, Gemüse, Gummibärchen, Lollis – und man konnte sich davon nehmen, *so viel man wollte*. Alles *umsonst*!

»Nein, das heißt, dass ich Austin Mackenzie *küssen* muss.«

Oh nein! Ich schnappte nach Luft. Daran hatte ich gar nicht gedacht. Es gab vieles an Lauras Leben, das mich wirklich nicht stören würde (wie, sagen wir mal, ihre Haare). Aber den ersten Kuss vor der Kamera zu haben, damit es dann alle Welt sehen kann? Noch dazu mit dem Jungen, der dein dreifacher Schwarm ist?

Darum beneidete ich sie weniger.

Drittes KAPITEL

Liebe Dr. Maude,

ich muss mich noch an meinen neuen *iTouch* gewöhnen (Alan hat ihn mir gerade erst gekauft! Diese IKA funktionieren wirklich!) – deshalb machhe ich bestimmt ein paar Tippfehler, aber icch muss üben. Ich weiß nicht, warum es hierauff viel schwieriger ist als auf Moms *iPhone*, aber das ist ess. Wie auch immer, also heute beim Abendessen

Liebe Dr. Maude,

tut mir leid – ich habb aus Versehen auf Senden getippt, bevor ich fertig war. Wenn Sie ein *iPhone* oder einen *iTouch* haben, dann wissen Sie vielleicht, dass die Tasten TOTAL leiccht reagieren. Also, was ich

Ihnen erzählen wollte, ist, dass Alan eine NPMFK (Notfall-Parker-Moses-Familienkonferenz) einberufen hat.

Liebe Dr. Maude,

ENTSCHULDIGUNG! Okay, ich hör jetzt mal auf, denn das ist ja echt nervvig. Ich schreibe Ihnen dann einfach später vom Computer aus.

MfG
Lucy B. Parker
Von meinem *iPod Touch* gesendet

Das letzte Mal, dass Alan eine NPMFK einberufen hat, war, als er uns die Handhabung der Fernbedienung für den neuen Fernseher demonstrieren wollte. Also war ich, als er beim »Ankündigungen«-Teil während des Abendessens verkündete, dass wir beim Frühstück morgen eine Notfallkonferenz haben würden, nicht sonderlich besorgt. Trotzdem erkundigte ich mich, warum wir es, wo es sich doch um einen Notfall handelte, nicht einfach gleich jetzt besprechen würden. Aber Alan legte wirklich Wert darauf, sich an die Abläufe zu halten, und Notfallkonferenzen durften, wie er betonte, den Familienstatuten zufolge nicht während des gemeinsamen Abendessens stattfinden. Die ganze Sache war so logisch, dass sie in meinen Augen keinen Sinn ergab, also beließ ich es dabei.

»Kannst du mir wenigstens einen *Tipp* geben, um welche Art von Notfall es sich handelt?«, fragte ich Mom, als sie mir vor dem Zubettgehen half, das Bettzeug zu wechseln. Als ich mich hinlegen wollte, hatte ich nämlich einen winzigen roten Fleck auf dem Laken bemerkt und war total ausgeflippt, weil ich dachte, ich hätte in der Nacht vorher ENDLICH meine Tage bekommen, ohne es überhaupt zu merken. (Warum das Blut direkt auf dem Laken gelandet war, anstatt in der Binde, die ich vorsorglich trug, war etwas verwirrend, aber offensichtlich war es genau so passiert.) Ich rannte in die Küche, wo Mom gerade ein Buch mit dem Titel *Patchworkfamilie – kein Grund zur Panik* las, und zerrte sie in mein Zimmer, damit sie es sich ansehen konnte. Aber dann fanden wir im Bett einen roten Stift ohne Deckel, der (a) den roten Fleck erklärte und (b) Mom echt wütend machte, weil es sich um nagelneues fliederfarbenes Bettzeug handelte, das zu meinen erst kürzlich lila gestrichenen Zimmerwänden passte, und (c) machte es sie noch wütender, als sie bei genauerem Hinsehen einen Haufen weiterer roter Flecken entdeckte und feststellen musste, dass das Bettzeug komplett ruiniert war.

»Es ist kein richtiger Notfall«, sagte Mom, während sie das frische Laken auf ihrer Seite mit, wie sie es nannte, »Krankenhausecken« aufzog. Ich dagegen stopfte das Laken auf meiner Seite bloß irgendwie unter die Matratze. Ich war noch immer wütend auf sie wegen neulich Abend (und natürlich deprimiert, weil ich meine Tage wieder nicht bekommen hatte), aber ich hatte sie um Hilfe gebeten, weil (a) das Bettzeug zu weit oben im Schrank lag und (b) sie viel besser im Bettbeziehen war als ich, weil sie einfach mehr Erfahrung damit hatte. »Es ist eher eine … Überraschung.«

»Warum hat er dann gesagt, es sei ein Notfall?«

»Weil ich ihm gesagt habe, dass wir schon so viele verschiedene Arten von Familienkonferenzen haben, dass man langsam den Überblick verliert«, antwortete sie. Neulich hatte ich aufgeschnappt, wie sie zu Deanna gesagt hatte, dass Liebe offenbar blind *und* taub mache, weil sie sich sonst nicht erklären könne, wie sie es mit jemandem, der so neurotisch war wie Alan, überhaupt aushielt. *Neurotisch* war ein Wort, das man in New York ziemlich oft hörte. Im Grunde hieß es nichts anderes als »schrullig durchgeknallt«. Laut Pete waren neunundneunzig Prozent der Leute, die in unserem Haus wohnten, neurotisch. (Glücklicherweise zählte ich Pete zufolge zu dem einen Prozent, das nicht dazugehörte.)

Ich hielt beim Bettbeziehen inne. »Du bist aber nicht schwanger, oder?«, fragte ich. Wenn Mom jetzt auch noch schwanger wäre, wäre das gar nicht gut. Genau genommen wäre das so ziemlich das Schrecklichste, das in meinem Leben passieren könnte, denn (a) bekam ich schon ein Geschwisterchen und (b) war Mom schon so alt, dass sie vermutlich Hormone schlucken müsste, um schwanger zu werden, und dann würde sie am Ende noch Drillinge bekommen wie Mrs Walker aus 8F. Falls das der Fall wäre, würde ich definitiv wieder zurück nach Northampton ziehen und bei Dad wohnen, auch wenn ich (c) dort auf dem Sofa pennen müsste, weil es kein Zimmer mehr für mich gab, und obwohl mir (d) meine neue Wandfarbe hier echt gut gefiel. Aber auf keinen Fall würde ich meine Jugend damit verschwenden, gleich für *drei* Geschwisterchen den Babysitter zu spielen statt bloß für eins. Insbesondere wo ich vermutlich nicht einmal dafür bezahlt würde, weil sie mit mir verwandt wären. Ich schielte argwöhnisch auf ihren Bauch. Er sah wirklich ein klein bisschen runder aus als sonst.

»Himmel, nein!«, sagte sie und tätschelte ihren Bauch. »Dieser Laden hat geschlossen.« Jetzt hielt auch sie beim Bettbeziehen inne und sah mich prüfend an. »Lucy, hast du unterm Pyjama deinen BH an?«

Ich nickte.

Sie schaute noch prüfender hin. »Ist das etwa dein alter BH? Der, der dir zu klein geworden ist?«

Ich nickte wieder.

»Warum denn, um alles auf der Welt?«

»Weil mir Marissa letzte Woche gemailt hat, dass sie gehört hat, dass der Busen nachts am stärksten wächst und dass er, wenn man ihn einschnürt, nicht so viel wachsen kann oder zumindest nicht so schnell«, erklärte ich.

Sie schüttelte bloß seufzend den Kopf und schaute mich mit einem Blick an, der so viel sagte wie: »Okay, das ist jetzt so lächerlich, dass ich nicht mal drauf eingehe.« Glücklicherweise verlangte sie nicht, dass ich ihn auszog.

Ich muss dazusagen, dass ich, als ich meine Brüste am nächsten Morgen unter der Dusche überprüfte, hätte schwören können, dass sie ein wenig geschrumpft waren. Ich war so glücklich, dass Marissa wenigstens einmal mit etwas recht behalten hatte (mit ihrem Tipp, dass die Haare wachsen würden, wenn man sich einen Löffel Olivenöl draufschmierte, lag sie eindeutig nicht richtig – meine wurden davon bloß schrecklich fettig), dass ich, als wir vier uns am Esstisch versammelten und Alan sagte: »Mädels, ich habe eine Überraschung für euch«, wirklich gespannt war zu hören, worum es ging.

»Wir bekommen eine neue Katze?«, fragte ich aufgeregt. Ich schielte hinüber zu Miss Piggy und hätte schwören können, dass sie mir einen bösen Blick zuwarf.

»Nein«, sagte Alan.

»Du bist schwanger?«, fragte Laura und sah meine Mutter besorgt an.

»Warum fragen mich das alle?«, meinte Mom entrüstet. Sie klopfte sich auf den Bauch. »Muss ich wirklich so dringend ins Fitnessstudio?« Sie seufzte. »Egal, die Antwort lautet – *nein*, ich bin nicht schwanger.«

»Was ist es dann?«, fragte Laura.

»Na ja, jetzt, wo deine Termine für den neuen Film stehen …«, fing Alan an.

»… dachten wir, es wäre doch nett, wenn Lucy dich für eine Woche zu den Dreharbeiten begleiten würde!«, fuhr Mom fort.

Ich versuchte, nicht die Augen zu verdrehen, aber diese Sache, dass einer immer die Sätze des anderen beendete, war wirklich ätzend. Als Nächstes würden sie noch Nicki-Jogginganzüge im Partnerlook tragen wie die Pearlstines aus 6B.

Laura und ich sahen uns an. »Ihr meint, wir fahren alle hin?«, fragte ich. »Also ein Familienurlaub, obwohl wir offiziell noch gar keine Familie sind?« Auch wenn Mom die ganze Zeit behauptete, mit der Hochzeit bestehe kein Grund zur Eile, wäre ich echt froh, wenn sie es endlich offiziell machen würden, denn diese Fast-mein-Stiefvater-und-fast-meine-Stiefschwester-Sache bedurfte immer jeder Menge Erklärung. Neulich hatte ich sogar, nur um Zeit zu sparen, beschlossen, Laura jetzt bloß noch meine »Frester« zu nennen, also eine Kombination aus Schwester und Freundin.

»Nein. Nur ihr zwei!«, sagte Alan. »Das wird wie …«

»… euer erster Fast-Erwachsenen-Urlaub!«, rief Mom begeistert. »Ist das nicht *toll*?!«

Toll? Äh, nö. Es klang eher danach, als würde ich jetzt auch noch von meiner Mutter abgeschoben. Als sie noch mit Dad verheiratet war, sind wir immer alle zusammen in den Urlaub gefahren. Vielleicht waren sie mal das eine oder andere Wochenende weg, aber nie eine ganze *Woche*.

»Ganz abgesehen davon ist es eine tolle Gelegenheit für euch Mädchen, euch noch besser kennenzulernen!«, fügte Alan hinzu.

Ich sah Laura an. Weil sie Schauspielerin war, hatte sie, was Dad »ein echt gutes Pokerface« nannte. Das bedeutete, dass man fast unmöglich wissen konnte, was sie gerade dachte. Außer das Gespräch fiel auf Austin Mackenzie – dann bekam sie immer dieses verträumte Gesicht.

»Aber warum kommt ihr denn nicht mit?«, fragte ich.

Mom und Alan sahen sich an. »Na ja, wisst ihr, äh …«, druckste sie nervös herum.

»Ein alter Collegefreund von mir hat da so eine Wohnung in Rom, die er uns angeboten hat …«, kam Alan ihr zu Hilfe.

»Also, im Grunde wollt ihr beide bloß allein weg, damit ihr …« Ich hätte fast gesagt »es machen könnt«. Laut Marissa war das nämlich der Grund Nummer eins, warum Erwachsene ihre Kinder alleine ließen und wegfuhren. Aber glücklicherweise verkniff ich es mir.

»… Zeit für euch habt«, sprang Laura ein.

»Ja, genau!«, sagte Mom erleichtert. »Laura, ich bin immer wieder überrascht, wie einfühlsam du bist!« Sie wandte sich an Alan. »War sie schon immer so?«

Ich verdrehte die Augen. Ja, genau – lasst uns alle von Laura schwärmen. Nur zu, ignoriert Lucy ruhig noch mehr.

»Also, was hältst du davon, Lucy? Freust du dich?«, fragte Alan. »Deine Mom meinte, dass du schon immer mal nach Kalifornien wolltest.«

Na ja, schon … Aber ich wollte eigentlich als ich selbst hinfahren, als Lucy B. Parker, zusammen mit meiner Familie – nicht als das kleine Frester-Anhängsel eines Megastars. Ja, Alans komische IKA funktionierten durchaus, aber ein paar Stunden im Kino oder beim Shoppen waren doch was vollkommen anderes als sieben Tage mit jemandem allein in einem Hotelzimmer, ganz gleich, wie groß das Zimmer wäre (und in Lauras Fall handelte es sich, weil sie so ein Superstar war, wahrscheinlich um ein Zimmer, das so groß war wie anderer Leute Wohnungen). Außerdem wären wir ganz ohne Erwachsene. Okay, Laura war nicht wie Marissas

Schwester, die ständig sagte: »Weil ich die Ältere bin – deshalb«, aber was, wenn sie auch so würde, weil weder Mom noch Alan da waren, um als Schiedsrichter zu fungieren?

»Wann wäre das denn?«, fragte ich.

»Nun, ich habe mal Lauras Drehtermine und die Flüge nach Italien gecheckt, und wenn du einverstanden bist, müsstest du die letzte Schulwoche vor den Ferien sausen lassen«, sagte Mom.

Hä? Also könnte ich eine Woche früher in die Sommerferien starten? Das machte die ganze Sache jetzt schon ein bisschen interessanter. Genau genommen war es sogar ziemlich genial. Normalerweise freute ich mich zwar immer auf die Partys am Schuljahresende, aber wenn man noch immer als *die Neue* galt, bloß zwei richtige Freundinnen hatte und einen das beliebteste Mädchen der Schule »Periodenmädchen« nannte, dann war man nicht mehr ganz so scharf darauf.

»Darf ich beim Zimmerservice bestellen?«, fragte ich. Mom ließ mich eigentlich nie beim Zimmerservice bestellen, weil sie meinte, dass es da fast doppelt so teuer war wie im Hotelrestaurant.

Alan lachte. »Ja, du kannst beim Zimmerservice bestellen.«

Das wurde ja immer besser. »Und fliegen wir auch First Class?« Wenn Laura für die Arbeit reisen musste, flog sie immer erster Klasse.

Alan nickte. »Jep. Und ihr wohnt in einer Suite im *Shutters on the Beach.*«

»Oh, ich liebe das *Shutters*!«, rief Laura und fuhr dann an mich gewandt fort: »Es ist wirklich direkt am Strand. Wow … ich hatte noch nie eine *Freundin* dabei, wenn ich auf Dreh musste. Dann wäre es nicht so langweilig … und weniger einsam.« Laura zufolge bestanden Filmdreharbeiten hauptsächlich darin, dass man in seinem Wohnwagen rumsaß und darauf wartete, dass man seine Szenen abdrehen konnte, immer und immer wieder, bevor man dann wieder im Wohnwagen rumhing, bis man das nächste Mal gebraucht wurde. Sie drehte sich zu mir um. »Was hältst du davon?« Lauras Pokerface war verschwunden. Genau genommen sah sie ziemlich begeistert aus. So begeistert wie damals beim Schlussverkauf im *Container Store*.

Als Laura sagte, dass sie bei den Dreharbeiten sonst immer einsam war, fühlte ich mich schrecklich, weil ich schlecht über sie gedacht hatte. »Ich finde, es klingt … toll«, sagte ich. Ich hoffte, es klang annähernd überzeugend, denn anders als sie war ich *keine* gute Schauspielerin. In der dritten Klasse hatte ich nicht mal die Rolle eines der Munchkins in der Aufführung von *Der Zauberer von Oz* ergattert. Und jeder weiß, dass das beinahe ein Ding der Unmöglichkeit ist.

Aber es hätte schlimmer kommen können. Ich durfte eine Woche die Schule schwänzen, erster Klasse fliegen und beim Zimmerservice bestellen. Außerdem war ich noch nie am Pazifischen Ozean gewesen. Auf jeden Fall war es tausendmal besser, als mit dem Wohnmobil an den Grand Canyon zu fahren wie Alice' Familie diesen Sommer.

Und nicht nur das, ich hätte außerdem Zeit, mich damit abzufinden, dass sich meine Mutter offensichtlich in keiner Weise schuldig fühlte, dass sie mich für eine Woche abschob, bloß damit sie und Alan es im Ausland ungestört machen konnten.

»Ich flipp aus, du wirst Austin Mackenzie treffen!«, kreischte Alice während der Mittagspause jetzt schon zum fünften Mal. Austin war auch ihr Promi-Schwarm.

Ich hielt mir die Ohren zu. Ich redete ja schon laut, aber Alice war auf einem Ohr taub, also brüllte sie eigentlich die meiste Zeit. Auch wenn sie nichts dafür konnte, war das ein weiterer Grund, warum ich nicht ganz so scharf darauf war, sie als zweite BFF zu haben.

»Dann triffst du bestimmt auch Connor Forrester«, sagte Beatrice zum sechsten Mal. »Du hast vielleicht Glück, dass du nach L. A. fahren darfst«, seufzte sie. »Das ist fast so cool, wie nach Paris zu fahren.« Beatrice würde später einmal eine berühmte Schriftstellerin sein, in Paris leben und jede Menge Liebhaber haben und einen Papagei, der nur Französisch spricht. »Wenn du willst, kannst du Connor für die Woche, die du da bist, als Promi-Schwarm nehmen. Ich teil ihn mit dir.«

»Und er ist dann auch dein Schwarm vor Ort!«, fügte Alice hinzu.

Ich erschauderte. »Okay, ist nicht böse gemeint, denn ich weiß ja, dass er dein Promi-Schwarm ist, Beatrice, aber ich könnte mich niemals in jemanden verknallen, der einen Wurm gegessen hat.« Ein Schachspieler war eine Sache, aber ein Würmerfresser eine ganz andere.

In diesem Moment kam ein ziemlich großes Mädchen namens Angela Springer an unseren Tisch. Ich kannte sie nicht wirklich, aber ich wusste, dass alle sie in ihrem Volleyballteam haben wollten.

»Bist du die Neue, die das Schwarmprotokoll führt?«, fragte sie mich.

»Oh meine Güte, Lucy, du wirst langsam richtig berühmt!«, stieß Alice staunend aus.

Ich verrenkte mir den Hals, um zu Angela aufzuschauen (Mann, war die riesig!), nickte und holte das Büchlein aus meiner Tasche. Ich war nicht scharf darauf, die Neue zu sein, aber es war definitiv nett, zu sehen, dass die Leute wussten, wer ich war.

»Okay. Hier sind meine. Promi: Shaquille O'Neal.«

Ich schrieb es auf. Ich wusste auch, wer das war – ein berühmter Basketballspieler.

»Vor Ort: Grant Heath – er geht auf die Dalton.« Die

Dalton war eine andere Privatschule an der Upper East Side.

»Und mein Ferienschwarm: Amy Doyle.«

Ich blickte zu ihr auf.

»Ja. Wir waren letzten Sommer zusammen im Basketball-Trainingslager. Sie lebt in Connecticut.«

Ich zuckte mit den Schultern und schrieb es auf. »Okay, das hätten wir«, sagte ich. »Aber denk dran, es mir zu sagen, wenn es da irgendwelche Änderungen gibt, damit das Protokoll immer auf dem neusten Stand ist.« Ich zählte die Einträge nach. Bis jetzt waren es fünfundzwanzig.

»Ohmeingott! Cristina Pollock kommt *direkt auf uns zu*!«, brüllte Alice.

Als ich rüberschaute, sah ich, dass sich Cristina Pollock tatsächlich von ihrem Platz mitten am Tisch der Beliebtesten in der Beliebtestenecke erhoben hatte und zu uns an den Rand der Unbeliebtenecke rüberkam.

»Da vergeht mir ja gleich der Appetit«, brummelte Beatrice.

Ich betrachtete ihr Sardinensandwich. Mir persönlich verging *dabei* der Appetit. Aber ich verstand total, warum sie Cristina so sehr hasste. In meinem Fall hatten Rachel und Missy mich wenigstens vom Einkaufszentrum aus angerufen, um mich abzuservieren – Cristina hatte sich nicht mal die Mühe gemacht, es Beatrice *überhaupt* zu sagen, sondern Beatrice hatte mit anhören müssen, wie eine Gruppe Mädels in Sport darüber redeten.

»Hi Lucy!«, sagte Cristina total schleimig, als sie an unseren Tisch trat.

»Äh, hi?«, sagte ich argwöhnisch. Ich hatte mich mittlerweile daran gewöhnt, dass die Leute wegen Laura nett zu mir waren (na ja, zumindest bis sie merkten, dass ich sie nicht mit ihr bekannt machen würde – dann verfielen sie wieder darauf, mich weitgehend zu ignorieren), aber bei Cristina war das anders. Obwohl das jetzt schon über einen Monat her war, war sie noch immer nicht über die Tatsache hinweg, dass ich ihre Einladung, in den Mittagspausen an ihrem Tisch zu sitzen, ausgeschlagen hatte, und seither war sie total arschig zu mir. Ich musste mich wirklich zusammennehmen, nicht zu ihr zu sagen: »Hör mal, ich weiß, dass du mich bloß gefragt hast, ob ich bei dir am Tisch sitzen will, weil du versuchen wolltest, über mich an Laura ranzukommen, weil du in ihrer Serie mitspielen willst.« Aber ich verkniff es mir, weil (a) sie dann wüsste, dass ich das zufälligerweise aufgeschnappt hatte, als sie mit ihrer BFF Chloe in der Mädchentoilette darüber geredet hatte, als ich noch in einer der Kabinen war, und (b) ich Angst hatte, dass sie ihre Macht als beliebtestes Mädchen der sechsten Klasse ausnutzen würde, um mich noch unbeliebter zu machen, als ich ohnehin schon war. Auch wenn jemand mit dem Spitznamen

Periodenmädchen eigentlich gar nicht noch unbeliebter werden konnte.

Ich versuchte noch, das Schwarmprotokoll vor ihr zu verbergen, aber es war schon zu spät. »Ich habe gehört, du hast ein neues Protokoll eröffnet«, sagte sie und zeigte darauf.

Ich nickte. Ich hoffte wirklich, dass mein Gesicht nicht zu rot anlief. Wenn sie mir deshalb noch einen doofen Spitznamen geben würde, wäre das gar nicht gut. Auch wenn eigentlich nichts schlimmer sein könnte als Periodenmädchen.

»Kann ich es sehen?«

»*Nein*«, schaltete sich Beatrice ein. »Das dürfen bloß *Mitglieder* sehen.«

Oh-oh. Was sollte das? Von Mitgliedschaft war nie die Rede gewesen. Außerdem war Cristina die Erste gewesen, die wir notiert hatten.

»Und wie wird man Mitglied?«, fragte sie und warf ihr langes blondes Haar zurück. Es war total unfair, dass jemand, der so fies war wie Cristina, so schöne Haare hatte.

»Man muss dazu eingeladen werden«, sagte Beatrice.

»Hey, willst du wissen, wer meine sind?«, fragte Alice dazwischen. »Mein Promi-Schwarm ist …«

»Eigentlich nicht. Nein«, unterbrach Cristina sie. »Tja, also, dann lade ich mich selbst ein, Mitglied zu werden.«

Ich schlug eine leere Seite auf, damit sie nicht sah, dass ihr Name bereits drinstand, und zückte den Stift.

»Also, unter Promi-Schwarm kannst du schreiben … Connor Forrester.« Sie schlug sich mit der Hand vor die Stirn. »Ach, was für ein Zufall – du wirst ihn wahrscheinlich treffen, oder? Wenn du mit Laura in L. A. bist für ihren neuen Film mit Austin Mackenzie?«

Dank Alice und ihrer lauten Stimme hatte es mittlerweile jeder mitbekommen – sogar die aus der Achten. Ich weiß nicht, warum Cristina dachte, sie hätte das Zeug zu einer Filmstarkarriere, denn wenn diese Vorstellung hier eine Darbietung ihres Talents sein sollte, dann war sie eine grottenschlechte Schauspielerin.

»Vielleicht«, sagte ich misstrauisch. Ich konnte sehen, dass sie irgendetwas hinter dem Rücken verbarg.

Es war ein großer Abzug ihres Jahrbuchfotos, den sie mir nun entgegenstreckte. »Ich habe gedacht, dass du ihm das vielleicht geben könntest, wenn du ihn triffst?«, meinte sie.

Auf der Rückseite stand: *Lieber Connor, wenn du mal nach New York kommst, würde ich mich freuen, dir die Stadt zu zeigen. Liebe Grüße, Cristina Pollock 212-555-0175.*

»Okay«, sagte ich. *Sicher nicht.* Ich würde das Ding in den Müll schmeißen, sobald ich mein Tablett zurückbrachte.

»Danke«, sagte sie. »Er ist ja sooo süß. Jeder weiß,

dass ich so ziemlich jeden Jungen in New York haben könnte, den ich will, aber für ihn würde ich keinen anderen mehr anschauen.«

Beatrice verdrehte genervt die Augen. »Er ist vierzehn – ich bin sicher, er kann es kaum erwarten, mit einer Sechstklässlerin zu gehen.«

Sie zuckte die Schultern. »Weiß man's? Manche Männer stehen auf jüngere Frauen. Die Freundin meines Vaters ist fünfzehn Jahre jünger als er.«

»Und wenn es so wäre, wieso glaubst du, dass er sich nicht Hals über Kopf in Lucy verliebt, wenn er sie sieht?«, fragte Beatrice.

»Wovon redest du?«, sagten Cristina und ich wie aus einem Munde. Die Chancen, dass das passierte, standen in etwa so gut wie die, dass ich morgen aufwachte und wieder in meinen 75B-BH passte.

Beatrice zuckte mit den Schultern. »Man kann nie wissen.«

»Ja, klar«, schnaubte ich verächtlich.

»Genau«, pflichtete Cristina mir bei. Es war wahrscheinlich das erste Mal überhaupt, dass wir uns in einer Sache einig waren. »Tja, ich geh dann mal wieder rüber in die Beliebtenecke. Langsam wird's mir hier ein bisschen übel.« Sie warf mir noch ein letztes falsches Lächeln zu. »Danke, dass du ihm das Foto gibst.«

»Aber du hast uns doch noch gar nicht gesagt, für wen du sonst noch schwärmst!«, rief Alice ihr hinterher.

Als ich Cristina davonstolzieren sah, holte ich mein Notizbuch mit den Ratschlägen heraus. *Wenn man die Aufmerksamkeit der Jungs auf sich ziehen will, sollte man beim Gehen mit den Hüften hin- und herwackeln*, notierte ich. Das war jetzt nichts, was ich selbst tun wollte, aber bei Cristina schien es zu funktionieren.

Vielleicht würde ich es mal ausprobieren, wenn ich endlich diese Schwarm-Sache auf die Reihe bekommen hatte. Andererseits würde ich bei meinem Koordinationsproblem vermutlich hinfallen und mir den Knöchel brechen.

»Das glaubst du nicht!«, sagte Laura, als sie am Abend den Kopf ins Badezimmer steckte, während ich gerade dabei war, mir die Zähne zu putzen.

»Mmmwwhff?«, sagte ich, was auf Zähneputzerisch »Was?« heißen sollte.

»Der Film wird in den *Olympus Studios* gedreht.«

Ich verschluckte mich beinahe an der Zahnpasta. Ich wusste genau, wo die *Olympus Studios* waren, denn am Anfang von Dr. Maudes Sendung sagte der Sprecher immer: »Und jetzt, live aus den *Olympus Studios* im Herzen von Hollywood, Kalifornien, eine weitere aufschlussreiche Folge von *Zur Sache, Leute* mit der Beziehungsexpertin Dr. Maude!« Und nicht nur das, sondern aus dem *DrMaude.com*-Newsletter von dieser Woche wusste ich außerdem, dass sie den ganzen Juni in L. A. sein würde, um ihre Sendung aufzuzeichnen, was bedeutete, dass wir zu *exakt derselben Zeit* dort sein würden.

»Glaubst du, dass ich vielleicht als Zuschauerin bei Dr. Maudes Show dabei sein kann?«, stieß ich atemlos hervor, nachdem ich den restlichen Schaum ausgespuckt hatte.

»Ich habe Alex gerade gemailt, damit er mal sieht, was er tun kann«, antwortete Laura. Alex war der Assistent von Lauras Agent. Leute herumzukommandieren, die viel älter waren als man selbst, war ziemlich cool. Der ganze Organisationskram würde mich verrückt machen, aber es war wirklich superaufmerksam von Laura, sich für mich einzusetzen. »Ich freu mich wirklich total, dass du mitkommst«, sagte sie und umarmte mich kurz.

»Ich mich auch«, sagte ich und erwiderte ihre Umarmung. Das war nicht mal gelogen – je länger ich darüber nachdachte, desto mehr freute ich mich darauf. Und nicht erst seit der Sache mit Dr. Maude.

»Hast du einen BH an?«, fragte sie plötzlich.

»Ja.«

»Warum?«

»Damit mein Busen schrumpft«, erklärte ich.

Sie seufzte. »Ich würde wer weiß was geben für einen Busen wie deinen.«

Meinetwegen hätte sie ihn sehr gern haben können.

Wer weiß, was passiert, dachte ich, als ich zu Bett ging. Vielleicht würde uns eine Woche ohne unsere Eltern ja wirklich noch näherbringen. Kurz vorm Einschlafen fiel mir plötzlich etwas ein und ich fuhr wieder hoch. Warum sollte ich mich damit zufriedengeben, nur als Zuschauerin in Dr. Maudes Sendung zu sein? Warum versuchte ich nicht, als *Gast* in ihre Show zu kommen? Ich konnte mir kaum vorstellen, dass es jemanden gab, der dringender Rat brauchte als eine Sechstklässlerin. Das wäre einfach großartig – alle meine Probleme wären in einer Stunde gelöst, und ich wäre für den Rest meines Lebens glücklich und zufrieden und müsste mir nie mehr Sorgen machen.

Viertes KAPITEL

Liebe Dr. Maude,

WISSEN SIE WAS?! Mom und Alan schicken mich für eine Woche mit Laura nach L.A., damit ich ihr während der Dreharbeiten für den neuen Austin-Mackenzie-Film Gesellschaft leiste. Ohne unsere Eltern, weil die uns einfach abschieben und nach Italien fahren, vermutlich damit sie es ungestört miteinander machen können. Wie Sie sehen, habe ich nicht übertrieben, als ich Ihnen geschrieben habe, dass mich meine Mutter total im Stich lässt. Ich könnte also wirklich dringend Rat in dieser Sache brauchen.

Aber das ist nicht der Grund, warum ich schreibe. (Obwohl ich natürlich schon hoffe, dass Sie, wenn Sie mir endlich mal antworten, doch einen Rat für mich haben, was man tun kann, wenn die eigene Mutter überhaupt keine Zeit mehr für einen hat.) Der Grund,

warum ich Ihnen heute schreibe, ist folgender: Zufälligerweise werden Sie und ich ZUR SELBEN ZEIT in L.A. sein. Da hab ich mir gedacht, dass Sie mich vielleicht als Gast in Ihrer Sendung haben wollen! Ich will Sie da aber jetzt nicht überrumpeln, also nehmen Sie sich ruhig Zeit, darüber nachzudenken. Und wenn Sie aus irgendeinem Grunde Nein sagen, dann wäre das auch okay. Obwohl ich denke, dass das ein großer Fehler wäre, weil Sie vermutlich richtig hohe Einschaltquoten hätten, aufgrund der Tatsache, dass in meinem Leben gerade wirklich viel los ist, was eine echt gute Sendung abgeben würde. Aber falls Sie Nein sagen, könnten Sie mir vielleicht ein Ticket für die Show besorgen, damit ich wenigstens als Zuschauerin dabei sein kann, das wäre toll.
Vielen Dank im Voraus.

MfG
Lucy B. Parker

Am nächsten Abend, als ich »Symptome Verknalltsein« googelte, anstatt meine Mathehausaufgaben zu machen (»zu viele Informationen raushauen« tauchte nirgendwo in den Treffern auf), simste mir Beatrice: *Willst du runterkommen und* Die schlechtesten Tänzer der Welt *mit Blair und mir schauen?*

Da war meine Chance, mehr Zeit mit Blair zu verbringen und rauszufinden, ob das, was ich empfand, eine echte Schwärmerei war. Und um zu überprüfen, welche Augenfarbe er hatte. *Klar*, simste ich zurück. *Bin gleich unten*. Als ich meine haarigen Beine und die hässlichen Shorts betrachtete, die ich anhatte, war mir klar, dass mir das keine Punkte bei Blair einbringen würde, falls ich *wirklich* für ihn schwärmen sollte. Also griff ich nach der erstbesten Klamotte in meinem Schrank – einem Jeansrock. Nachdem ich außerdem in meine Regenbogenstrumpfhose und ein Beatles-T-Shirt geschlüpft war, steckte ich mir noch die lila Stoffblume ins Haar und war startklar.

Okay, Lucy, was du auch tust, bleib cool und frage NICHT nach Blair, ermahnte ich mich in Gedanken selbst, als Beatrice mir die Tür aufgemacht hatte und wir ins Wohnzimmer gingen. Im Fernseher tanzte gerade ein sehr großer Mann mit einer sehr kleinen Frau Tango. »Also, wo ist Blair?«, platzte es aus mir heraus.

»In der Küche. Er stellt sich irgendeine widerliche Essensmischung zusammen, wie immer«, antwortete Beatrice.

Ich konnte nicht glauben, dass wir das gemeinsam hatten – ich liebte widerliche Essensmischungen wie, sagen wir mal, Eiernudeln mit Erdnussbutter. Das war ein gutes Zeichen. *Okay, Lucy, was du auch tust, bleib bloß auf dem Sofa sitzen und geh NICHT in die Küche. Er soll zu dir kommen.* Ich simulierte einen Hustenanfall und klang dabei wie Miss Piggy, kurz bevor sie ein Haarknäuel hochwürgte. »Hey, ich glaub, ich könnte einen Schluck Wasser gebrauchen«, japste ich.

Beatrice stand auf: »Klar, ich hol dir …«

Ich sprang auf. »Nein! Ich weiß doch, wie gern du diese Sendung siehst. Bleib du sitzen und schau weiter. Wasser ist in der Küche, oder? Da wo Blair ist?«

Als ich in die Küche kam, stand er an der Küchentheke und aß aus einer Schüssel. »Ich fass es nicht, dass es noch einen Menschen auf der Welt gibt, der Zimtchips auf sein Eis streut!«, sagte ich verblüfft.

»Tja«, sagte er mit vollem Mund. »Der salzige Geschmack der Chips zusammen mit der süßen Eiscreme ist doch eine perfekte Kombination.«

»Das sage ich auch immer!«, rief ich begeistert. Eis brachte die Menschen einander wirklich näher. Tatsächlich war es auch so gewesen, als Laura und ich uns im *Scoops*, meinem Lieblingseiscafé in Northampton, getroffen und festgestellt hatten, dass wir die gleiche Kombination von Eis mochten (*After-Eight-* und Pfefferminzeis mit Schokosplittern, heiße Karamellsoße, Karamellkrümel, Sahne und *M&Ms*). Damals hatte ich gemerkt, dass Laura eigentlich gar nicht der eingebildete Megastar war, für den ich sie gehalten hatte. Na ja, das und die Tatsache, dass sie an diesem Abend wie ein ganz normales Mädchen aussah, weil sie stundenlang geheult hatte, nachdem ihre beste Freundin sie abserviert hatte.

»Wie heißt du gleich noch mal?«, fragte Blair.

»Lucy. Lucy B. Parker. Ich bin Beatrice' beste Freundin. Wir haben uns schon mal gesehen«, sagte ich. »An dem Abend, als wir koreanisches Essen bestellt haben. Du hattest ein Albert-Einstein-T-Shirt an und meintest, dass alle kreativen Menschen unordentlich sind.« Das waren schon wieder zu viele Informationen. Gar nicht gut.

»Ganz schön seltsam, dass du dich an all das erinnern kannst«, sagte er.

Ich zuckte mit den Schultern. »Ich hab ein hervorragendes Gedächtnis. Und ein super Gehör.« Ich dachte darüber nach, was ich sonst noch sagen könnte, aber mein Kopf war wie leer gefegt, also schwieg ich. Er auch. Nur sein knirschendes Kauen war zu hören. Wenn man jemanden echt mochte, hatte man dann nicht neun Millionen Sachen zu bereden und es ging einem nie der Gesprächsstoff aus? So war das zumindest bei Mom und Alan und bei Dad und Sarah. Andererseits war es bei Mom und Dad auch jetzt noch so, und die hatten sich vor eineinhalb Jahren scheiden lassen. Vielleicht stammte ich ja bloß aus einer Familie, die einfach viel redete.

Da steckte Beatrice den Kopf zur Tür herein. »Lucy,

du verpasst die blinden Salsatänzer!«, rief sie, bevor sie wieder im Wohnzimmer verschwand.

»Tja, äh, dann geh ich wohl mal wieder«, sagte ich.

»Okay«, sagte er und nahm einen Zug aus dem Milchkarton.

»Ich schätze, man sieht sich«, sagte ich.

Ich wartete darauf, dass er irgendetwas sagte wie: »Hey, ich dachte, wir könnten ja mal zusammen in den Park gehen und rollerbladen oder so?« Oder: »Wollen wir vielleicht E-Mail-Adressen austauschen?« Irgendetwas, das mich darin bestätigte, dass ich bei dieser Schwarmsache auf der richtigen Fährte war. Aber alles, was er sagte, war: »Kann sein.« Und dann rülpste er wieder.

Na, toll. Jetzt war ich genauso schlau wie vorher. Und ich wusste *noch immer* nicht, welche Augenfarbe er hatte!

Fünftes KAPITEL

Liebe Dr. Maude,

ich habe nicht viel Zeit, weil mein Dad und Sarah jeden Moment da sein werden. Sie haben beschlossen, übers Wochenende herzukommen, und ich hoffe wirklich, dass Dad nicht lügt, wenn er sagt, dass sie uns bloß besuchen kommen, weil sie mich so vermissen und mich noch mal sehen wollen, bevor ich nach L.A. fliege. Ich hoffe wirklich, da steckt nicht noch ein ANDERER Grund dahinter, wie dass sie herkommen, um mir persönlich zu sagen, dass Sarah jetzt doch Zwillinge bekommt oder irgendwas Schreckliches. Denn wenn das der Fall ist, wäre ich ECHT enttäuscht. Jeder Mensch ist schließlich nur begrenzt belastbar, und ich habe gerade schon genug um die Ohren mit Mom, die mich nach L.A. abschiebt, und mit dieser Schwarmsache, über die ich mir klar werden muss.

Wie auch immer, am Freitag fliege ich nach L.A. und langsam bin ich echt aufgeregt. Andererseits habe ich erfahren, dass Blair weg sein wird, wenn ich wieder zurückkomme. Beatrice hat mir gestern erzählt, dass sie eine Woche bei ihrer Großmutter in den Hamptons sind, bevor sie ins Ferienlager fahren. Wenn sich also vor Freitag nichts mehr tut, dann muss ich zehn ganze Wochen warten, bis ich ihn wiedersehe. Was aber vielleicht gar nicht so schlecht ist. Ich meine, wer weiß, vielleicht lerne ich ja in der Zwischenzeit einen besseren Schwarm kennen. Wissen Sie, einen, bei dem ich mir auch sicher bin, dass es ein Schwarm ist.
Oh-oh, Pete hat gerade oben bei uns angerufen, Dad und Sarah sind hier. Wünschen Sie mir Glück.

MfG
Lucy B. Parker

PS: Ich will Ihnen ja nicht auf die Nerven gehen, aber könnten Sie mir bitte so bald wie möglich sagen, ob Sie mich als Gast in Ihrer Sendung haben wollen? Das wäre super.

Als ich Dad sah, brach ich erst mal in Tränen aus. Ich weiß, das ist total bescheuert, aber es ist schon eine ziemliche Umstellung, wenn man seinen Vater, den man früher sehen konnte, so oft man wollte, plötzlich bloß noch einmal im Monat zu Gesicht bekommt. Ich hatte ihn echt vermisst. Anders als bei anderen Kindern, deren Väter, wie Mom es ausdrückte, »emotional nicht erreichbare Workaholics« waren (zumindest glaube ich, dass sie das über Marissas Vater gesagt hat, weil ich da gerade oben an der Treppe von unserem alten Haus stand, und das ist nicht der beste Platz, um etwas mitzubekommen), war mein Vater immer erreichbar und sehr emotional. Bei jedem Werbespot, der auch nur annähernd mit Urlaub oder Hochzeiten oder Schulabschlüssen zu tun hatte, heulte mein Dad. Genau genommen verbrachte er so gern Zeit mit mir, dass es ihm nicht mal was ausmachte, wenn er dann Mädchensachen machen musste wie shoppen gehen, auch wenn er sich dann manchmal brummelig darüber beschwerte, dass Ketten wie *Gap* und *H&M* die Welt beherrschten.

»Äffchen!«, rief er und nahm mich ganz fest in die Arme. Mom nannte mich »Zuckerschnecke« und Dad nannte mich »Äffchen«. Na ja, zumindest hatten sie mich so genannt, bis ich zehn geworden war und ihnen gesagt hatte, dass sie es lassen sollen, weil es bescheuert klingt. Aber zu speziellen Anlässen durften sie mich trotzdem noch so nennen, und meinen Dad wiederzusehen passte in diese Kategorie.

»Hi Dad«, sagte ich schniefend. Ich spürte, wie mein Kopf nass wurde, was bedeutete, dass auch er weinte.

Es war toll, sich so geliebt zu fühlen, aber ich wünschte, es wäre an einem Tag passiert, an dem mein Haar nicht so gut saß wie heute. Obwohl auch mir die Tränen in den Augen standen, war meine Sicht nicht so verschwommen, dass ich Sarah nicht in die Wohnung hätte watscheln sehen. Genau genommen hätte man schon offiziell blind sein und dazu noch eine ganz dunkle Sonnenbrille aufhaben müssen, damit man sie übersehen hätte, denn obwohl sie erst im fünfeinhalbten Monat war, war sie eine *Tonne*.

»Sarah, was … ist passiert?«, fragte ich staunend und machte mich von Dad los. Als ich mich in Northampton von ihr verabschiedet hatte, konnte man noch kaum sehen, dass sie schwanger war. Eigentlich hatte es bloß so ausgesehen, als hätte sie gerade eine riesige Portion Spaghetti verdrückt. Aber jetzt? Nicht nur ihr Bauch war riesig, sondern alles andere an ihr auch – ihr Busen, ihr Hintern, sogar ihre Hände wirkten größer.

Sie lachte. »Ich bin wohl etwas aufgegangen.«

Aufgegangen?! Sie sah eher aus, als wäre sie explodiert. Bis zum geplanten Geburtstermin des Wesens würde sie wahrscheinlich so riesig sein wie ein Motivwagen bei der *Macy's Thanksgiving Day Parade*.

»Vor ein paar Wochen war ich im Supermarkt, um mir grünen Tee zu kaufen, da hab ich diese Kekse mit Karamellüberzug entdeckt – kennst du die? Sie heißen *Tastycakes*«, meinte sie.

Äh, *klar*! Die standen auf Platz sieben meiner Liebstes-Essen-aller-Zeiten-Liste.

»Na ja, seitdem kann ich nicht mehr aufhören, sie zu futtern«, sagte sie.

»Irgendwann hab ich einfach eine ganze Kiste davon bestellt«, erklärte Dad.

Ja, das sah man. Dass eine schwangere Frau zunimmt, wäre nichts so Außergewöhnliches gewesen, aber hier handelte es sich um Sarah, eine Yogalehrerin, für die Zucker und Brot das ultimativ Böse waren und die sich im Grunde bloß von langweiligem Salat ernährte, ohne alles, was gut schmeckte, wie Mozzarella oder Kichererbsen. Die Vorstellung, dass sie sich mit *Tastycakes* vollstopfte, war eine Horrorvorstellung.

Doch es stellte sich heraus, dass es nicht bloß Karamellkekse waren, nach denen Sarah gierte. Während Dad und ich nachmittags durch New York schlenderten, *fraß* sich Sarah praktisch ihren Weg durch die Stadt. Nachdem wir im *Rubin Museum* gewesen waren (dort konnte man Buddhistische Kunst bestaunen, weshalb Dad unbedingt hinwollte), hielten wir bestimmt an jedem Imbiss- oder Eisstand zwischen dem West Village und SoHo. Zu ihrem Glück war gerade ein Jahrmarkt in der Sullivan Street, wo es jede Menge Frittiertes gab. Anfangs versuchte ich noch, mit ihr mitzuhalten, aber als mir übel wurde, gab ich auf.

Während sie noch an einem Corn Dog herumkaute,

klopfte sie sich auf den Bauch. »Ich hoffe, Ziggy leidet nicht unter Butterschmalzentzug, wenn er erst geboren ist.«

»Wer ist Ziggy?«, fragte ich.

Dad legte Sarah den Arm um die Schultern. Bildete ich mir das bloß ein oder waren ihre Arme in den paar Stunden, die sie nun in New York war, noch schwabbeliger geworden? »Ziggy wird dein *Bruder* heißen!«, sagte er voller Begeisterung.

»Warte mal. Ihr habt erfahren, dass das Wes... ich meine, das Baby ein Junge wird?«, rief ich. Zumindest war ein Junge besser als ein Mädchen. Denn selbst wenn mich das Baby als Lieblingskind von Dad verdrängen würde, wäre ich so wenigstens immer noch seine Lieblings*tochter*. Außer sie bekämen noch ein Baby und das wäre ein Mädchen. Dann hätte ich ein Problem. »Ihr wolltet euch doch überraschen lassen?!«

»Irgendwie fiel es mir schwer, eine Bindung zu dem Kind aufzubauen, ohne sein Geschlecht zu kennen«, erklärte Sarah, während sie an einer gebackenen Banane knabberte, »also haben wir uns vor Kurzem entschlossen, dass wir es doch wissen wollen.«

»Und das ist mit ein Grund, warum wir dieses Wochenende herkommen wollten – um es dir persönlich zu sagen«, fügte Dad hinzu. »Damit wir diese tolle Neuigkeit zusammen als Familie verarbeiten können.«

Aha – hatte ich doch recht gehabt! Bei diesem

Wochenendtrip ging es gar nicht darum, dass er mich so schrecklich vermisste. Es ging bloß um das Baby mit dem schrecklichen Namen. So wie sich von jetzt an vermutlich alles nur noch um das Baby drehen würde. Würde ich überhaupt noch für *irgendwen* besonders sein? Der Scheidungsteil an der Scheidung meiner Eltern war gar nicht das Schlimmste gewesen – das Schlimmste war, dass sie sich beide wieder neu verliebt hatten und neue Familien gründeten. Und warum waren meine Eltern überhaupt so erpicht darauf, alles gemeinsam zu verarbeiten und zu teilen und sich auszutauschen? Warum konnten wir nicht sein wie andere normale Familien, die ihr Abendessen vor dem Fernseher einnahmen, ohne miteinander zu reden? Ich hatte meine Familie langsam satt. Vielleicht könnte ich Pete überreden, mich zu adoptieren. Dann müsste ich zwar Spanisch lernen, aber das wäre schon okay. Oder Rose – es wäre cool, mit ihr nach Jamaika zu fahren, um ihre Familie zu besuchen. »Ihr könnt ihn nicht *Ziggy* nennen«, sagte ich.

»Warum denn nicht?«, fragte Dad.

»Weil … na ja, weil …«, stammelte ich. Ich wollte eigentlich sagen: »Weil er mit so einem bescheuerten Namen im Sportunterricht immer als Letzter gewählt und im Bus mit Papierkügelchen bespuckt wird …«

»Mein Großvater hieß Ziggy«, sagte Sarah mit feuchten Augen. Na, großartig, sie war eine von den Schwangeren, die die ganze Zeit heulten. »Er hat mir immer gesagt, dass ich alles erreichen kann, wenn ich groß bin.«

Dads Dad hat ihm so ungefähr das Gleiche gesagt und der hat einen *normalen* Namen: William. Das wär nicht schlecht, weil er dann die Wahl zwischen jeder Menge Spitznamen hätte, je nachdem, in welcher Stimmung er wäre: Bill, Billy, Will, Willy. Und man könnte ihn mit *y* oder mit *i* schreiben.

»Eigentlich war Ziggy bloß sein Spitzname«, fuhr Sarah fort. »Sein richtiger Name war Peter. Aber Greta aus dem Yogastudio hat herausgefunden, dass Ziggy numerologisch betrachtet viel positiver ist, und anscheinend lebt er dann zwanzig Jahre länger, als wenn er Peter heißt ... oder Malachi, das ist der andere Name, den wir uns überlegt hatten.«

Malachi?! Das arme Kind hatte ja keine Ahnung, was ihm bevorstand.

Dad wandte sich an sie: »Schatz, je länger ich darüber nachdenke, desto sicherer bin ich mir, dass die Badewannenoption die richtige Wahl ist.«

»Welche Badewannenoption?«, fragte ich irritiert.

»Ich werde Ziggy zu Hause in der Badewanne zur Welt bringen!«, rief Sarah begeistert. »Studien haben ergeben, dass Kinder, die in der Badewanne geboren wurden, eine längere Lebenserwartung haben.«

Oh, Mann. Das Kind war noch nicht mal geboren und schon war sein Leben total verkorkst.

Wenn ich wirklich etwas für mein Karma (das ist so eine buddhistische Sache, die im Grunde nichts anderes bedeutet als Glück) tun wollte, dann sollte ich nach Northampton zurückziehen und mein Brüderchen beschützen, selbst wenn das bedeuten würde, dass ich auf dem Sofa schlafen müsste, weil *Ziggy* mein Zimmer in Beschlag genommen hat.

»Ziggy Elias Parker«, sagte Dad begeistert. »Klingt das nicht wie jemand, der ein Heilmittel gegen Krebs erfindet oder das Problem der globalen Erwärmung löst?«

»Ehrlich gesagt, nein«, wollte ich sagen. Aber ich verkniff es mir. Für mich klang es eher wie der Name von jemandem, der Klebstoff isst und beim Lesen die Lippen bewegt. Das einzig Gute daran war, dass ich noch vier Monate hatte, die beiden zu überreden, dem Baby einen normalen Namen zu geben … und dann müsste er mir ein Leben lang dankbar sein und tun, was ich ihm sage, wenn er erst einmal alt genug wäre, um zu verstehen, dass ich ihn vor einem Leben voller Kummer und Elend bewahrt hatte.

Sarah und das Baby-das-derzeit-noch-Ziggy-hieß-aber-nicht-mehr-lang-wenn-ich-es-irgendwie-verhindern-konnte beschlossen, zurück ins Hotel zu gehen, weil sie sich ausruhen mussten. Vermutlich von all dem Zucker, den sie in sich hineingestopft hatte. Ich war erleichtert, weil (a) Dad und ich jetzt ein wenig Zeit allein verbringen konnten und (b) ich das Gefühl hatte, dass mein Hintern schon beim bloßen Zusehen von Sarahs Gefuttere dicker wurde.

Dad und ich setzten uns auf eine Bank im Madison Square Park und plötzlich war mir zum Heulen zumute. Sicher, wir telefonierten regelmäßig und schrieben uns E-Mails (auch wenn manche der Witze, die er mir weiterleitete, *total* bescheuert waren), aber als ich jetzt neben ihm saß und seine Hand hielt und seinen Geruch (eine Mischung aus Kaffee und Zimt) einatmete, wurde mir klar, wie sehr ich ihn vermisst hatte. Es war ja nicht so, dass Alan ein Idiot wäre oder so. Und sosehr ich diese ganze IKA-Sache anfangs auch für kitschig und blöd gehalten hatte, musste ich doch zugeben, dass es funktionierte, denn es machte mir nicht nur nichts aus, Zeit mit ihm zu verbringen, sondern ich *freute* mich sogar darauf. Außerdem hatte ich dadurch ein *iTouch* bekommen. Aber trotzdem, mein Dad war eben mein Dad und das schon mein ganzes Leben lang.

»Der Anzahl der Nachrichten nach zu schließen, die du da auf dein schickes, neues *iPhone* bekommst, sieht es ja fast so aus, als hättest du hier schon gut Anschluss gefunden«, meinte er.

»Das ist ein *iTouch*«, korrigierte ich ihn schon zum fünften Mal. Das war ein Gebiet, auf dem ich mit Alan etwas mehr gemeinsam hatte als mit Dad. »Damit kann man nicht telefonieren.« Ich holte mein Handy heraus. »Das ist mein Telefon.« Mom meinte, Dad sei »kein großer Technikfreund«, also jemand, der keine E-Mails auf seinem Handy empfängt.

Er schüttelte den Kopf und seufzte. »Ich brauch bloß ein schnurloses Telefon und einen altmodischen Anrufbeantworter, dann bin ich schon zufrieden.« Er rutschte ein wenig auf der Bank herum. »Also, bekommst du auch Nachrichten von … *Jungs*?«

Jetzt fing auch ich an, nervös herumzurutschen, so sehr, dass ich fast von der Bank gefallen wäre. »Dad!«, rief ich empört. Das war fast so peinlich, wie wenn Mom mir beim BH-Kaufen den Busen zurechtschob.

»Schatz, auch wenn es mir Angst macht – ich bin mir durchaus bewusst, dass du jetzt langsam in das Alter kommst, wo du solche Gefühle entwickelst«, sagte er. »Und du weißt ja, falls du sie für ein Mädchen hast, statt für einen Jungen, wäre das auch vollkommen okay.«

Ich zuckte zusammen. Ich vermisste es, Zeit mit Dad zu verbringen, keine Frage, aber wenn wir von jetzt an ständig solche Gespräche führen mussten, dann wäre es mir lieber, wenn wir uns bloß E-Mails schreiben würden. Das Einzige, was die ganze Sache jetzt noch schlimmer machen könnte, wäre, wenn er es irgendwie schaffen würde, die Formulierung »Liebe machen« einzuflechten. Ich hasste diesen Begriff. Er klang so … *blöd*. Und eklig. Auch als Erwachsene würde ich so was niemals sagen.

»Und wenn du für jemanden schwärmst, dann heißt

das natürlich auch, dass du ihn irgendwann küssen willst«, fuhr er fort. »Natürlich nicht gleich, aber irgendwann«, fügte er nervös hinzu. »Und das ist etwas sehr Schönes. So wie … Liebe machen.«

Ich sank weiter auf der Bank zusammen. *BittebittebitteBITTE* aufhören, dachte ich.

»Auch wenn du das mit dem Liebe machen erst in vielen, vielen Jahren selbst erfahren wirst«, schob er noch nach.

Okay, das reichte jetzt. Meine Eltern hatten sich mit mir zusammengesetzt, als ich elf war, um DAS Gespräch zu führen, das Gespräch über die Pubertät und woher die Babys kamen und all das. Natürlich hatten sie die blöde Formulierung damals ungefähr neun Millionen Mal verwendet. Das musste ich mir wirklich nicht noch mal anhören. »Dad, musst du das immer sagen?«, rief ich entnervt.

»Was?«, fragte er. »Liebe machen?«

Ich machte mich noch kleiner. Das einzig Gute war, dass die Sache hier so peinlich war, dass sie vermutlich meine Tage auslösen würde. »Ja, genau das!«

»Was ist denn so schlimm an der Formulierung ›Liebe machen‹?«, fragte er verwirrt.

Jetzt sank ich so weit in mich zusammen, dass ich von der Bank rutschte. »Dad! Bitte!« Es war mir wahnsinnig peinlich. Merkte er denn nicht, dass die Leute um uns herum ihn HÖREN konnten?

»Okay, okay«, lenkte er ein. »Also … gibt es da … jemand Besonderen in deinem Leben?«, fragte er, als ich mich wieder hoch auf die Bank gesetzt hatte.

Ich schaute ihn an. Ich könnte jetzt lügen und Nein sagen, oder ich könnte die Karten auf den Tisch legen und ihm von Blair erzählen. Anders als manch andere Leute – wie, sagen wir, die Frau, die mich auf die Welt gebracht hat – war er wenigstens daran interessiert, was in meinem Leben so vor sich ging. Also, warum nicht? Schließlich war er auch einmal in meinem Alter gewesen, und er hatte ein gutes Gedächtnis wegen all der Vitamine, die Sarah ihm einflößte, also konnte er sich vielleicht sogar erinnern, wie das mit den Schwärmen so war. Und es konnte ja auch nicht schaden, eine männliche Meinung in dieser Sache zu hören. Außerdem war ich mir ziemlich sicher, dass es ihm fast unmöglich war, die Formulierung »Liebe machen« in unser weiteres Gespräch einfließen zu lassen.

Komischerweise fühlte ich mich, als ich ihm alles über Blair und das Problem mit den drei Schwärmen erzählte … leichter. Und somit hungrig. Einmal gähnte Dad, und er blinzelte die ganze Zeit, als fiele es ihm schwer, die Augen offen zu halten, aber ich bin mir ziemlich sicher, das lag bloß an der langen Fahrt, die ihn langsam einholte, und nicht daran, dass ich ihn langweilte. »Also, was meinst du?«, fragte ich ihn, nachdem ich zu Ende erzählt hatte. »Glaubst du, dass Blair mein Schwarm ist?«

»Ich bin nicht sicher«, gestand er.

»Du bist nicht sicher?!«, rief ich. »Aber du bist doch erwachsen – da solltest du solche Fragen doch beantworten können! Was soll ich denn jetzt machen?«

Dad zuckte mit den Schultern. »Na ja, eigentlich kannst du da wenig tun, außer du selbst zu sein und darauf zu warten, dass du dir von allein darüber klar wirst«, meinte er.

Was hatten sie bloß alle mit dem »man selbst sein«?! Kapierte mein Vater denn nicht, dass wir hier von einem *Jungen* redeten?

Dad nahm meine Hand. »Lucy, Liebesbeziehungen sind wie Lotusblüten. Wenn du ihnen erlaubst, sich zu öffnen und von alleine zu blühen, dann kannst du eigentlich nichts falsch machen. Aber wenn du versuchst, es zu erzwingen …«

»Dann fallen alle Blütenblätter ab und werden matschig und fangen an zu stinken, weil sie verfaulen?«, sagte ich. Das war mit den Tulpen passiert, die Alan mir nach einer unserer IKA gekauft hatte.

Dad lachte und wuschelte meine Haare, die jetzt – glücklicher- und unglücklicherweise zugleich – schon lang genug waren, dass man sie beim Wuscheln durcheinanderbringen konnte. »Ja, so ungefähr.«

Ich holte mein kleines Notizbuch heraus. Das war ein

guter Rat, den ich mir aufschreiben sollte. Er klang ziemlich poetisch. Besonders der Teil mit den abfallenden, fauligen Blättern.

An dem Abend gingen Laura, Mom, Alan, Dad, Sarah und ich in *Patsy's Pizzeria* an der Vierundsiebzigsten Straße essen. Neben dem *V&T's* an der Ecke Amsterdam Avenue und Hundertzehnte war *Patsy's* meine Lieblingspizzeria in New York. Und da Sarah drei Knoblauchbrötchen, zwei Stücke Champignon-Paprika-Pizza und ein Stück Käsepizza verdrückte, gehe ich davon aus, dass sie das Essen dort auch ziemlich lecker fand. Ich persönlich hielt es für nichts so Besonderes, dass wir alle zusammen essen gingen, aber so wie Alan mit der Gabel ans Glas klopfte, aufstand und gerührt eine Rede hielt, von wegen wie dankbar er doch sei, weil die Patchworkfamilie so gut funktioniere, dass wir sogar miteinander essen gehen konnten, nahm ich an, dass es für ihn schon etwas Besonderes war. Dann, nachdem er fertig war, erhob sich Dad und klopfte gegen *sein* Glas.

»Ich fühle mich wie auf einer Hochzeit«, flüsterte ich Laura zu.

»Ich fühle mich wie bei der Golden-Globe-Verleihung«, flüsterte sie zurück.

»Danke, Alan, für diese herzliche Rede«, sagte Dad. »Auch ich bin sehr glücklich, dass wir heute alle zusammen hier sind. Wenn mich meine fünfzehnjährige Beschäftigung mit dem Buddhismus etwas gelehrt hat, dann, dass das einzig Beständige im Leben die Veränderung ist.«

Na, super. Mal wieder einer von Dads Buddhismus-Vorträgen. Also, *die* hatte ich nicht vermisst. Wenn er sie in der Öffentlichkeit hielt, konnte das ziemlich peinlich werden.

Er nahm Moms Hand und drückte sie. »Menschen lassen sich scheiden.« Er klopfte Alan auf die Schulter. »Aber dann verlieben sie sich neu.«

Ich sackte auf meinem Stuhl zusammen, als Alan sich die Augen wischte.

Dad tätschelte Sarahs Bauch, während sie sich ein übrig gebliebenes Stück Kruste von seinem Teller schnappte. Er sah Laura und mich strahlend an. »Geschwister werden geboren oder sie treten zu einem späteren Zeitpunkt ins Leben des anderen. In beiden Fällen ist es, um den Dalai Lama zu zitieren, alles zum Guten.«

Puh. Ich hatte in meinem Leben schon echt viele von Dads Vorträgen gehört, also wusste ich genau, dass er mit dem »Es ist alles zum Guten«-Teil am Ende seiner Rede angekommen war. Somit konnten wir uns wieder aufs Essen konzentrieren, wie jede andere halbwegs normale Patchworkfamilie auch, und mussten nicht mehr über unsere Gefühle reden.

»Sogar wenn einem seine Tochter erzählt, dass sie

zum ersten Mal in ihrem Leben für einen Jungen schwärmt, ist alles zum Guten, denn auch das gehört eben zum Leben dazu.«

WAS?! Ich wäre beinahe vom Stuhl gefallen. Was *sollte* das? Merkte er nicht, dass da noch andere Leute im Raum waren – wie, sagen wir mal, meine Mutter?! Natürlich war es ihre eigene Schuld, dass sie noch nichts davon wusste, aber trotzdem wollte ich nicht, dass sie es auf *diese* Weise erfuhr.

Alle starrten mich an.

»Du hast dich verliebt? Das hast du mir ja noch gar nicht erzählt«, sagte Mom. Wie machte sie das bloß, dass ich mich durch nur einen Blick von ihr schrecklich schuldig fühlte? Brachte man das den Müttern im Krankenhaus bei, noch vor der Geburt?

»Du hast es deinem *Dad* erzählt?«, fragte Laura überrascht.

»Verliebt?! Du hast dich verliebt?«, meinte nun auch Alan alarmiert. »In wen? Was macht sein Vater beruflich?«

Sarah zeigte auf mein halb aufgegessenes Stück Peperoni-Pizza. »Isst du das noch oder kann ich das haben?«

»Okay, (a) weiß ich noch nicht mal, ob er mein Schwarm ist!«, rief ich und fügte an meinen Vater gewandt hinzu: »Wenn du hier schon große Ankündigungen machst, dann halte dich wenigstens an die Fakten! Und (b) habe ich bloß nicht extra was gesagt, weil ich dachte, du weißt noch aus deiner Zeit als Jugendlicher, dass, wenn einem jemand ein *Geheimnis* verrät, man es nicht an einem Tisch voller Leute rausposaunt!«

»Aber, Schatz, das sind doch nicht irgendwelche Leute – das ist deine *Familie*!«, rief Dad.

Ich sank auf meinem Stuhl zusammen, während alle anfingen, über meinen Schwarm, von dem ich nicht mal sicher war, ob er überhaupt mein Schwarm war, durcheinanderzuplappern, als wäre ich gar nicht da. Ja, diese Leute waren meine Familie, aber sie machten mich noch wahnsinnig. Wenigstens hauten Laura und ich am Freitag nach L. A. ab, dann hatte ich eine Weile Ruhe vor ihnen. Laut Dad glauben die Buddhisten daran, dass man sich seine Familie schon vor der Geburt aussucht, damit man seine Lebenslektionen lernt. Was mich anging, war die einzige Lektion, die ich hier gezwungen war zu lernen, wohl die, wie man es schafft, nicht vor Peinlichkeit zu sterben.

Ich holte mein Büchlein mit den Ratschlägen heraus. *Wenn man jemandem ein Geheimnis anvertraut, sollte man immer dazusagen, dass derjenige es NIEMANDEM WEITERERZÄHLEN darf, auch wenn man glaubt, dass das eigentlich super offensichtlich ist.*

Als ich an diesem Abend vor dem Zubettgehen gerade meinen BH anzog, klopfte es an die Tür. Doch bevor ich auch nur »Moment noch – nicht reinkommen« sagen konnte, ging sie auch schon auf, was bedeutete, dass es meine Mom war, weil sie das immer machte, obwohl sie wusste, dass ich das total hasste.

»Lucy, du solltest wirklich aufhören, diesen BH zum Schlafen zu tragen«, sagte sie und setzte sich auf mein Bett. »Das kann nicht gut für deine Durchblutung sein.«

»Aber es funktioniert!«, hielt ich dagegen. »Mein Busen ist schon voll geschrumpft.«

Okay, vielleicht war er noch nicht *voll* geschrumpft, aber als ich neulich mein *Angry-Little-Girls*-T-Shirt anhatte, hätte ich schwören können, dass die Buchstaben anders saßen.

»Also, hast du dich gefreut, deinen Vater wiederzusehen?«, fragte sie und streichelte Miss Piggy, die sich auf ihrem Schoß zusammengerollt hatte. Warum ließ sich Miss Piggy von allen anfassen, bloß von mir nicht? Wenn ich wieder aus L. A. zurück war, musste ich meine Bemühungen in der Operation »Neue Katze« wirklich intensivieren.

»Ja, es war toll«, sagte ich und warf, jetzt wo mein Busen wieder schrumpfte, ein T-Shirt in Größe S auf den Klamottenhaufen für L. A. Ich wusste, worauf Mom hinauswollte, also beschloss ich, direkt auf den Punkt zu kommen. »Tut mir leid, dass ich dir nichts von meinem Schwarm erzählt habe«, murmelte ich.

»Mir auch«, erwiderte sie sanft. »Hör mal, niemand ist glücklicher als ich, dass du so ein tolles Verhältnis zu deinem Vater hast, aber es hat mich schon ein bisschen verletzt, dass du es nicht auch mir erzählt hast.«

Sie war verletzt?! Und was war mit mir? Ich hatte ja versucht, ihr von meinem Schwarm zu erzählen, aber sie ignorierte mich doch schon seit Wochen! »Tja, vielleicht hätte ich es dir auch erzählt, wenn du nicht die ganze Zeit so beschäftigt wärst«, platzte ich heraus.

»Wovon redest du?«, fragte sie verwirrt.

»Ich rede davon, dass du, seit wir hierhergezogen sind, entweder bei lustigen IKA mit Laura bist, mit venus rumhängst oder damit beschäftigt bist, deine Hochzeit zu planen. Oder du vergisst mich einfach, obwohl ich dir gesagt habe, dass ich etwas Wichtiges mit dir besprechen muss«, antwortete ich.

»Lucy, ich …«

Meine Augen wurden ganz glasig. »Weißt du, bloß weil du mich seit zwölf Jahren kennst, heißt das noch lange nicht, dass du aufhören kannst, auch mit mir Zeit zu verbringen.«

Sie war ganz still geworden und jetzt füllten sich auch *ihre* Augen mit Tränen. Meine Güte, kein Wunder, dass ich ständig heulen musste – das war erblich. »Ich fürchte, du hast recht«, räumte sie schließlich kleinlaut ein. »Ich glaube, ich hatte solche Angst, dass sich jemand ausgeschlossen fühlen könnte oder sich eine

Wir-gegen-sie-Front bildet, dass ich wohl übers Ziel hinausgeschossen bin.« Sie seufzte. »Ich glaube, weil du immer so stark bist, habe ich vergessen, wie sehr dich das alles trifft.«

Ich blickte von dem zerknüllten Haufen mit Sachen zum Packen auf, die im Koffer sicher noch mehr verknittern würden. Glücklicherweise bügelte Laura total gern – vielleicht könnte ich sie dazu bewegen, auch meine Sachen zu bügeln, wenn wir erst mal im Hotel wären. »Stark? Mom, ich falle beim Fitnesstest im Sportunterricht jedes Jahr durch.« Ich hasste Schulsport. Meistens drückte ich mich davor, indem ich die »Lucy B. Parker kann heute leider nicht am Sportunterricht teilnehmen, weil sie ihre Menstruation hat«-Entschuldigung einsetzte, die Marissa für mich gefälscht hatte.

Mom lachte. »Ich meinte emotional stark«, erklärte sie. »Du bist so resilient.«

»Kannst du dich bitte so ausdrücken, dass ich dich verstehe?« Ich seufzte. »Ich bin zu müde, um jetzt noch den Computer anzuschalten und irgendwelche Bedeutungen nachzuschlagen.«

Sie nahm meine Hände in ihre. »Resilient heißt, dass dich so schnell nichts umhaut. Wie nach der Scheidung. Oder als Rachel und Missy dir die Freundschaft gekündigt haben. Oder als du dir die Haare verbrannt hast. Oder als ich dir eröffnet habe, dass wir nach New

York ziehen müssen, wenn wir mit Alan und Laura eine Familie sein wollen …«

Ich zuckte zusammen. Sie zählte gerade die Hitliste aller Katastrophen auf, die mir in letzter Zeit passiert waren. Da ging es mir doch gleich viel besser.

»Nach alldem hättest du schrecklich wütend sein und dich heulend in dein Zimmer verkriechen und mit keinem mehr reden können. Aber das hast du nicht.«

»Stimmt doch gar nicht«, widersprach ich. »Ich hab mich sehr wohl in meinem Zimmer verkrochen und total viel geweint. Weißt du noch, du hast sogar mit mir geschimpft, weil ich so viele *Supersoft*-Taschentücher verbraucht habe?« Das waren die besten Taschentücher, weil sie so weich waren, dass man keine knallrote Nase bekam, aber sie waren nicht bloß supersoft, sondern auch superteuer.

»Ich meine damit, dass du zwar eine Weile traurig warst und geweint hast, aber dann hast du dich aufgerafft, nicht den Kopf hängen lassen und bist wieder hinausmarschiert«, sagte Mom. »Du hast nie deine … Lucyart verloren.«

Meine Lucyart? Was sollte *das* jetzt wieder heißen? Dass ich mich knallbunt anzog? Dass ich dazu neigte, zu viel zu plappern? Dass ich oft stolperte, wegen meines Koordinationsproblems? »Vielleicht bin ich ja wirklich stark und re… wie war das Wort gleich noch mal?«

»Resilient«, sagte Mom.

»Resilient … aber ich bin noch immer ein Kind – auch wenn ich jetzt bestimmt jeden Moment meine Periode bekomme. Hast du irgendeine Ahnung, wie viel Kraft es mich gekostet hat, meinen Kopf nicht hängen zu lassen? Oder wie viele Taschentücher ich *wirklich* gebraucht habe? Oder wie oft ich mich auf dem Schulklo verstecken musste, weil ich geweint habe? Zwölf zu sein ist bisher nicht gerade lustig«, sagte ich und fing wieder an zu heulen.

Mom reichte mir ein Taschentuch und nahm sich dann selbst eines. »Ich weiß, das ist es nicht. Und es tut mir leid, dass ich nicht gemerkt habe, dass du, so resilient und reif du auch scheinen magst, trotzdem noch deine Mutter brauchst.« Sie nahm mich in den Arm. »Aber würdest du mir eins versprechen, Lucy? Anstatt das alles in dich reinzufressen, möchte ich, dass du mit mir darüber redest. Und ich werde mich wirklich bemühen, und wenn du zu mir sagst: ›Mom, ich muss mit dir reden‹, dann versuche ich alles stehen und liegen zu lassen und höre dir zu, okay?«

Ich nickte.

»Und wenn du wieder aus L. A. zurück bist, dann gibt es für uns beide eine ganz besondere IKA, okay?«

»Aber keine Zahnarzttermine oder so was«, warnte ich. »Und auch nicht zum BH-Kaufen.«

Sie lachte. »Keine Arzttermine oder BH-Einkäufe. Ich

dachte da vielleicht sogar an ein Wochenende irgendwo – nur wir beide.«

Ich nickte und schmiegte mich noch fester in ihre Arme. Ich war vielleicht zwölf – genau genommen fast dreizehn –, aber in diesem Moment war ich nicht zu alt, um von meiner Mutter in den Arm genommen zu werden. »Mom? Kann ich dich was fragen?«

»Natürlich.«

»Bekomme ich jetzt eine neue Katze?«

Sie lachte. »Netter Versuch, aber nein.«

Ich seufzte. *So* leid tat ich ihr offenbar auch wieder nicht.

Sechstes KAPITEL

Liebe Dr. Maude,

Sie werden es nicht glauben, aber diese E-Mail schicke ich Ihnen AUS DEM FLUGZEUG!!! Genau genommen von irgendwo über Illinois, weil der Kapitän vorhin gerade durchgesagt hat: »Meine Damen und Herren, wir fliegen gerade über Chicago, Illinois.« Ich wette, Sie wissen das, weil Sie ja total berühmt sind und ganz oft fliegen, aber wenn Sie eine Kreditkarte haben (ich selbst habe keine, aber Laura schon), dann können Sie zwölf Dollar fünfundneunzig zahlen und den ganzen Flug über online sein!
Ich schätze, weil Sie so berühmt sind, fliegen Sie auch immer erster Klasse, aber falls nicht, kann ich Ihnen sagen, es ist richtig, RICHTIG cool. Erstens sind die Sitze viel größer und gepolsterter als die in der Economy Class, also tut einem nicht der Hintern weh. Und

sobald man Platz genommen hat, wird einem was zu trinken angeboten. Ganz umsonst! Und das Essen bekommt man auf richtigen Tellern und nicht in diesen Plastikdingern. Auch umsonst!
Ach, und jeder Sitz hat seinen eigenen Bildschirm, also kann jeder den Film gucken, den er will. Laura sieht sich gerade Austin Mackenzies neusten Film *Surf-Safari* an – den, in dem er mit einem Schimpansen surft –, und sie bekommt Stielaugen, weil sie, im Gegensatz zu mir, WEISS, dass sie in ihn verknallt ist. Wenn L.A. auch nur halb so gut wird wie dieser Flug, dann bin ich schon glücklich – besonders, wenn ich noch als Gast in Ihrer Sendung auftreten kann. (Ich will echt nicht nerven oder so, aber haben Sie schon darüber nachgedacht?) In L.A. wohnen wir in einem schicken Hotel in Santa Monica namens *Shutters on the Beach* und es ist wirklich DIREKT AM STRAND. Laura zufolge kann man sogar vom Zimmer aus die Wellen rauschen hören!
Außerdem werden wir mit einer Limousine vom Flughafen abgeholt, und anscheinend gibt es hinten im Wagen sogar Getränke und Kekse, die man sich einfach nehmen kann. Auch ganz umsonst! Es ist schon seltsam, dass die Leute so viel Geld bezahlen, um erster Klasse zu fliegen, nur um dann jede Menge Sachen gratis zu bekommen, aber ich will mich nicht beschweren. Ich weiß nicht, ob ich jemals wieder die

Gelegenheit bekomme, das zu machen, also versuche ich, so viele Souvenirs wie möglich mitzunehmen (ich hab schon diese kleinen Fläschchen mit Handcreme aus der Bordtoilette eingesteckt).
Allerdings muss ich sagen, das ist das erste Mal, dass ich Laura im vollen Teeniestar-Modus erlebt habe – Sie wissen schon –, und das ist echt komisch. Nicht, dass sie irgendwie fies zu mir wäre oder so, aber zum ersten Mal versucht sie die Tatsache, dass sie berühmt ist, überhaupt nicht zu verbergen, wie sonst immer in New York. Das macht mich ein bisschen nervös, weil sie sich ziemlich seltsam benimmt. Aber ich bin sicher, das wird schon alles. Oder?
Okay, ich muss aufhören, weil die Stewardess mir gerade 'ne Limo gebracht hat und ich will sie nicht über meinen Laptop schütten. Sie wissen schon, mein Koordinationsproblem.

MfG
Lucy B. Parker

Wenn man ein Koordinationsproblem hat, hilft es nicht gerade, vom Blitzlichtgewitter der Paparazzi geblendet zu werden, wenn man versucht, durch den Flughafen zu laufen. Stattdessen stolpert man herum, als hätte man zwei linke Füße.

»Woher wissen die überhaupt, dass du hier bist?«, fragte ich Laura, als wir in die Limo kletterten, die uns zum *Shutters* bringen sollte, und rieb mir noch immer die geblendeten Augen.

»Marci hat ihnen einen Tipp gegeben«, antwortete Laura. Marci war Lauras Pressesprecherin. Ich hatte sie noch nie getroffen, weil sie in L. A. wohnte, aber am Montag am Set würde ich sie kennenlernen. Laura zufolge waren die meisten Pressesprecherinnen Mädels von der fiesen Sorte wie Cristina Pollock. Deshalb waren sie auch so gut darin, Gerüchte zu streuen, wie zum Beispiel, wann ein Star am Flughafen landete. Laura mochte Marci nicht so gern (»Weil, na ja, sie spricht nur in Fragen?«, meinte Laura. »Genau so?«). Aber anscheinend war es genauso wichtig, einen Pressesprecher zu haben, wie einen Agenten oder einen persönlichen Assistenten oder einen Hellseher – Laura jedenfalls hatte all das. Ihre Assistentin hieß Jaycee und ich hatte sie schon mal am Telefon gesprochen. Und ihr Hellseher hieß der Großartige George. Ich konnte es kaum erwarten, ihn kennenzulernen.

Zu Hause in New York versuchte Marci normalerweise, die Paparazzi von Laura *fern*zuhalten – nicht, sie auf sie anzusetzen. »Warum hat sie das gemacht?«, fragte ich und warf einen schnellen Blick zum Fahrer, um sicherzugehen, dass er nicht guckte, bevor ich mir noch eine Handvoll Minzbonbons in die Tasche stopfte.

»Weil das so eine wichtige Rolle für mich ist – du weißt schon, wegen der Kussszene und alldem«, erklärte sie. »Sie will mithilfe dieses Films mein Image ändern, damit die Leute mich auch in erwachseneren Rollen akzeptieren. Und die Fotos von mir werden auf den ganzen Klatschseiten im Internet und in Zeitschriften und überall zu sehen sein.«

Als wir vor dem Hotel hielten und ich die Horde Paparazzi vor dem Eingang sah, wurde ich nervös. Ich wusste, dass Laura es leid war, wegen ihrer Serie immer nur als das nette Mädchen von nebenan wahrgenommen zu werden, aber hatte sie sich ausgerechnet diese Reise aussuchen müssen, um das zu ändern? Wie sollten wir uns besser anfreunden, wenn wir die ganze Zeit von Fotografen umringt waren? Und was, wenn sie mich darüber komplett vergaß und ich mir am Ende mit dem Inspizieren meiner Haarspitzen die Langeweile vertreiben musste? Das machte ich nämlich immer, wenn ich nichts zu tun hatte, aber den Eindruck erwecken wollte, dass dem nicht so war.

Als mir der Fahrer der Limousine die Wagentür aufhielt, holte ich tief Luft. Zumindest waren meine Haare mittlerweile wieder so lang, dass ich, falls ich auf einem dieser Fotos landen würde, nicht mehr aussähe wie ein riesiger Eierkopf.

Als wir in der Hotellobby angekommen waren, überbrachte uns Mr Patel, der Concierge des Hotels (eine gehobene Bezeichnung für denjenigen, der das Sagen hat und alle anderen mit sehr höflicher Stimme herumkommandieren darf), die schlechte Nachricht: Es hatte eine Verwechslung gegeben und es war keine Standard-Suite mehr frei. Aber die gute Nachricht war, dass wir deshalb in der Präsidentensuite untergebracht wurden!

»Hat da wirklich mal der Präsident drin gewohnt?«, fragte ich Mr Patel, während Laura Autogramme gab, für Fotos posierte und Dinge sagte wie »Nein, ich freue mich, *Sie* kennenzulernen!«, mit dieser viel höheren Stimme als sonst, die sie immer als Laura-Moses-Teeniestar benutzte.

»Es ist mir leider nicht gestattet, darüber zu sprechen, Miss Parker«, antwortete er gewählt und ausgesprochen höflich. Dann führte er uns zum Aufzug und begleitete uns hinauf ins oberste Stockwerk. Laura hing schon wieder am Handy, was ich, ehrlich gesagt, ziemlich unverschämt fand, aber ich sagte nichts. Vor so einer höflichen Person wie Mr Patel wollte ich mich nicht mit jemandem in die Haare bekommen. Als er uns das Zimmer zeigte, staunte ich. Es war fantastilliardenmal schöner als die Zimmer in dem Hotel in Disney World, das bisher das tollste Hotel war, das ich kannte. Diese Suite hier hatte zwei Schlafzimmer, zwei Bäder mit großen Whirlpool-Badewannen, eine Küche, einen Esstisch mit Platz für sechs Leute, einen riesigen Flachbildschirm-Fernseher, einen Kamin, und durchs Fenster konnte man den Pazifischen Ozean sehen. Auch wenn ich mich unheimlich auf L. A. freute, hätte ich ohne Weiteres auch einfach die ganze Woche in dieser Suite verbringen und DVDs schauen können.

Ich ging zu dem gigantischen Willkommen-im-*Shutters*-wir-hoffen-Sie-haben-einen-angenehmen-Aufenthalt-Korb hinüber. »Hey, Laura – sieh dir das an!«, rief ich.

»Lucy, ich bin am Handy«, zischte sie.

Schokomandeln! Salzbrezeln mit Erdnussbutter! Karamellbonbons! Der Korb war randvoll mit den leckersten Sachen! Das Einzige, was fehlte, waren Red-Velvet-Cupcakes. Ich wandte mich an Mr Patel und fragte: »Ist das umsonst oder kostet es was, wie das Zeug aus der Minibar?« Mom hatte mir strengstens verboten, etwas aus der Minibar zu essen, weil ein Schokoriegel dort ungefähr zehn Dollar kostete.

»Das ist eine Gefälligkeit des Hauses, Miss Parker«, erwiderte er höflich, während er umherging und Vasen verrückte, die bereits perfekt standen, und Zeitschriftenstapel gerade schob, die bereits akkurat lagen. Eine Gefälligkeit des Hauses bedeutete *umsonst*.

Ich schnappte mir ein paar Erdnussbutterbrezeln, ließ mich auf die Couch plumpsen und schaltete den Großbildfernseher an. »Laura, guck mal – es läuft

Pretty in Pink!«, rief ich. Das war ein richtig alter Film, aber wir beide liebten ihn total. Genau genommen war das eine der ersten Gemeinsamkeiten, die wir nach meinem Umzug nach New York festgestellt hatten und die uns verband.

»Lucy, ich hab dir doch gesagt, ich bin gerade am Handy. Also, gib mal Ruhe, okay?«, zischte sie wieder auf eine nicht gerade Laurahafte, sehr unhöfliche Art und warf mir einen wütenden Blick zu.

Ich konnte nicht fassen, dass sie mich wie irgendeine nervige kleine Schwester behandelte. Vor Mr Patel war mir das ziemlich peinlich, doch als ich zu ihm rüberschielte, war er gerade damit beschäftigt, die Kissen der Couch auf der anderen Seite des Zimmers aufzuschütteln, also hatte er es vielleicht weder gehört noch ihren Blick gesehen. Aber trotzdem war es mir total peinlich.

Ich stand auf und schaltete den Fernseher aus. »Na gut, dann geh ich eben in das andere Zimmer rüber«, murmelte ich.

Ich wartete darauf, dass sie etwas sagte wie »Nein, Lucy, bleib hier. Es tut mir leid, dass ich dich so angeschnauzt habe«, aber sie sagte nichts dergleichen. Stattdessen quasselte sie weiter in ihr blödes Handy.

Als Laura endlich aufhörte zu telefonieren und ihre Sachen auspackte und bügelte (angesichts der seltsamen

Stimmung zwischen uns beschloss ich, sie nicht zu fragen, ob sie auch meine Klamotten bügeln würde), schien sie sich ein wenig zu entspannen, und zwischen uns kehrte wieder Normalität ein. Nachdem wir uns beim Zimmerservice Pfannkuchen bestellt (das war mit das Beste am Zimmerservice – dass man sich auch abends noch Frühstück bestellen konnte) und sie auf unserer privaten Terrasse gegessen hatten, hätte ich sofort wegpennen können. Bei der guten Seeluft und im weichsten Bettzeug, das ich je hatte, schlief ich wie ein Stein, und als ich am nächsten Morgen wach wurde, war Laura wieder die gute alte Laura anstatt Laura-Moses-Teeniestar-die-ständig-am-Handy-hängt.

Sie musste erst am Montag ans Filmset, also hatten wir zwei ganze Tage zum Sightseeing, was echt genial war – besonders, da »Sightseeing« mit Laura bedeutete, dass wir von einem Kerl herumchauffiert wurden, der wusste, wo wir langmüssen, anstatt von Dad, der immer alle paar Minuten anhalten musste, um in die Karte zu schauen. An Ferien ohne Eltern könnte ich mich gewöhnen. Wir besuchten das *Grauman's Chinese Theatre*, vor dem die Hand- und Fußabdrücke der Stars zu sehen sind. Dann fuhren wir an die Strandpromenade von Venice Beach und beobachteten die ganzen Spinner, wie diesen Kerl mit den Dreadlocks, der in einem Bikinihöschen auf Rollschuhen herumfuhr und dabei E-Gitarre spielte, oder die Frau, die mit

Ketchup und Senf Bilder malte und sie für fünf Dollar verkaufte.

Am Sonntag bekamen wir noch eine schicke private Führung durch die *Universal Studios*, und als wir ins Hotel zurückkamen, ließen wir uns noch Wahnsinnsburger von diesem Laden namens *Father's Office* liefern. Ich verschlang gerade meinen letzten Bissen Burger, als Laura plötzlich ausflippte und total nervös wurde, weil sie schon in weniger als vierundzwanzig Stunden ihren Schwarm Austin Mackenzie treffen würde. Und in knapp einer Woche würde sie ihn sogar *küssen* müssen. Vor einer kompletten Filmcrew. Mehrmals.

»Versuch, die positive Seite zu sehen«, sagte ich zu ihr, als sie in der Suite auf und ab tigerte. »Du bist in ihn verknallt, also sollte es dir nicht schwerfallen, so zu tun, als würdest du ihn küssen wollen. Wenn du willst, übe ich deinen Text mit dir. Das wird wie … ein Kusstest.«

Sie blieb stehen. »Echt? Das würdest du machen?«

Ob ich das machen würde?! Es gab nichts, was ich lieber täte. Ich war nur zu feige gewesen, es ihr schon früher vorzuschlagen. Nicht dass ich Schauspielambitionen gehabt hätte (Genaueres dazu unter: »war nicht mal in der Lage, die Rolle eines Munchkin bei der Schulaufführung von *Der Zauberer von Oz* zu ergattern«), zumal man zum Schauspielern Dinge wie Koordination und ein gutes Gedächtnis und Talent benötigte, und das Einzige, worin ich gut war, war, mich zu verplappern, zu stolpern und ein Periodenprotokoll zu führen (und vielleicht auch ein Schwarmprotokoll, aber es war noch zu früh, das sicher zu sagen). Aber trotzdem bekam man beim Textüben einen kleinen Eindruck davon, wie es war, eine berühmte Schauspielerin zu sein.

Sie schob mir ihr Drehbuch hin. »Da – du bist Austin.«

»Ich will doch nicht der *Junge* sein«, sagte ich. Das war ja so wie früher mit Rachel und Missy beim Barbiespielen, als ich immer Ken sein musste. Ich hatte gehofft, jemand … Interessantes zu spielen. Wie die Urgroßmutter. Laura hatte mir das Drehbuch neulich schon gezeigt und da hatte ich ihre Rolle echt lustig gefunden. Und als sie mir noch erzählte, dass Lady Gräfin Annabel Ashcroft de Winter von Taxis, eine der größten Schauspielerinnen aller Zeiten, die Urgroßmutter spielen würde, war ich vollkommen aus dem Häuschen. Ich brannte darauf, sie kennenzulernen. Auf Wikipedia hatte ich gelesen, dass sie ihre Karriere am Theater in London begonnen hatte, aber jetzt spielte sie in fast jedem Film mit Zauberern, Hexen oder Vampiren mit absoluter Vollendung die Rolle der Großmutter oder der Großtante.

»Aber wir machen das doch, damit ich meine Szenen mit Austin üben kann, schon vergessen?«

»Stimmt. Na gut«, sagte ich. Also gingen wir ihren Text durch, und jedes Mal, wenn wir an die Stelle kamen, wo ich mit einer, wie ich fand, sehr austinmäßigen Stimme sagte: »Wow – mein Zaubertrank scheint gewirkt zu haben. Ich habe das Gefühl, ich stehe vor meiner Seelenverwandten«, starrte sie mich bloß mit großen Augen an, und ich musste mit den Fingern schnippen und sagen: »Erde an Laura … Erde an Laura – du müsstest jetzt eigentlich sagen: ›Oh, Henry – ich wette, das sagst du zu allen Mädchen!‹«

Sie ließ sich zurück aufs Bett plumpsen, das größer war als Moms und Alans Bett zu Hause in New York, und stöhnte: »Ich kann das nicht.«

»Doch, du kannst es. Wenn du willst, schreiben wir es auf Karteikärtchen oder auf deine Hand.« Bei mir klappte es damit immer richtig gut, wenn ich mich auf mündliche Prüfungen vorbereitete. Na ja, zumindest, solange ich nicht so nervös wurde, dass meine Hände anfingen zu schwitzen. Dann klappte es eher weniger gut.

»Nein – das alles mit Austin!«, rief sie. »Wie kann ich bloß denken, dass er mich auch mag? Er ist *Austin Mackenzie* und ich bloß …«

»Einer der größten Stars der Welt und laut *Teen People* wie er einer der zehn schönsten Menschen!«, fiel ich ihr ins Wort.

»Ja, aber wenn wir uns wirklich kennenlernen, dann

wird er merken, dass ich hinter alldem einfach nur … *ich* bin.«

»Und wo liegt da das Problem?«

»Ich bin ein Vollhorst!«, rief sie.

Es überraschte mich immer wieder, dass Laura, egal wie viele Preise sie gewann und egal wie viel Fanpost sie bekam, unterm Strich genauso unsicher war wie jeder andere Teenager auf dieser Welt. Na ja, außer Cristina Pollock vielleicht, die wahrscheinlich abwesend war, als diese Eigenschaft verteilt wurde. »Du bist überhaupt kein Vollhorst«, sagte ich. »Ich meine, okay, du kannst manchmal schon ein *bisschen* horstig sein – zum Beispiel, dass bei dir immer alles aufgeräumt sein muss und du alles zuknöpfst, wenn du es auf den Bügel hängst –, aber ich bin ja irgendwie auch ein Vollhorst. Deshalb verstehen wir uns ja so gut.«

Auch wenn es mir schrecklich schwerfiel, das zuzugeben, war ich doch irgendwie froh, dass Laura ein bisschen horstig war, denn das ganze Filmstar-Getue am Tag zuvor hatte mich schon ein wenig beunruhigt. Irgendwie befürchtete ich, sie würde vielleicht doch bald merken, dass sie wirklich so großartig war, wie alle dachten, und dann nicht mehr mit mir befreundet sein wollen.

Sie grinste mich an. »Ich schätze, du hast recht.«

»Außerdem bist du jetzt gerade in derselben Stadt wie dein Schwarm vor Ort, dein Fern- *und* dein Promi-

Schwarm. Das können nicht viele Leute von sich behaupten. Ich wette, das bringt dir jede Menge Glück.«

»Das hoffe ich.« Sie lächelte mich an. Ein normales Laura-Lächeln, kein Superstar-Laura-Lächeln. »Ich bin echt froh, dass du mit mir hergekommen bist, Lucy.«

»Ich auch«, sagte ich und lächelte zurück, ein Lucy-Lächeln, denn das war das Einzige, das ich draufhatte.

Am Montagmorgen musste Laura zum Workout mit ihrem Personal Trainer, den die Filmproduktion ihr gestellt hatte. Also ging ich zum Frühstücken ins *Urth Caffé* an der Main Street. Laura meinte, dass in L. A. eigentlich niemand zu Fuß geht, und als ich den Pico Boulevard hinunterspazierte und links in die Main Street einbog, stellte ich fest, dass sie recht hatte. Die Einzigen, die mir über den Weg liefen, waren ein Obdachloser und eine Frau mit Pelzmantel (obwohl es Juni war) und Sonnenbrille (obwohl es bewölkt war), die einen kleinen Kläffer Gassi führte, der ebenfalls eine Sonnenbrille aufhatte.

Es war noch ziemlich früh, aber das Café war voller sehr schöner, sehr gut gelaunter Leute. Viele von ihnen trugen Yogaklamotten. Sarah hätte das gefallen. Das heißt, es hätte ihr gefallen, bevor sie schwanger war. Jetzt würde sie sich wohl mehr für die leckeren Muffins und die Kekse hinter der gläsernen Auslage interessieren.

»Hab ich dich richtig verstanden?«, vergewisserte sich Brandi, die Kellnerin. »Du willst wirklich das Brotpudding-Frühstück?«

Ich nickte und zeigte auf die Karte. »Hier steht, es ist das beste Frühstück von ganz L. A.« Oft klang das Essen auf Speisekarten besser, als es war, aber Brotpudding mit gebackenen Bananen konnte doch bloß gut sein.

»Ja, schon, es ist bloß so, dass das eigentlich nie jemand wirklich … *bestellt*«, erwiderte sie. »Das ist mit so viel … *Brot*. Bist du sicher, dass du kein Eiweiß-Omelette willst wie der Typ da drüben?«, hakte sie nochmals nach und zeigte auf einen Mann am Nachbartisch, der in einer Zeitung namens *Variety* las. Von Laura und Alan wusste ich, dass das die tägliche Lektüre der Leute aus dem Filmbusiness war. »Oder ein Joghurt mit Früchten wie die Frau da?«, fragte Brandi und zeigte auf die Dame neben ihm, die den *Hollywood Reporter* las, die andere Zeitung fürs Filmbusiness.

Ich rümpfte die Nase. Sogar jemand wie ich, der in Mathe nicht so besonders war, wusste, dass »keine Eltern in der Nähe« plus »ein Frühstück, das nach Nachtisch klingt« ein »Bestell-Muss« ergab. Und »Eiweiß« plus »Früchte« ergab bloß »ziemlich langweilig«.

»Nein, danke«, sagte ich also. »Ich probiere das beste Frühstück von ganz L. A.«

Als mein Essen kam, stellte ich fest, dass es, auch wenn ich nicht wusste, wie es im Vergleich zu anderen Restaurants in L. A. abschnitt, ziemlich lecker war – besonders nachdem ich noch Erdnussbutter dazubestellt hatte. »Was für ein fabelhafter Anblick!«, ertönte eine Stimme mit britischem Akzent hinter mir. »In dieser Stadt sieht man nicht oft ein junges Mädchen, das sein Essen so … *genießt*. Das ist wirklich sehr erfrischend!«

Oh mein Gott. Diese Stimme kannte ich irgendwoher – sie kam in fast jedem meiner Lieblingsfilme vor! Ich fuhr herum und schnappte nach Luft. Sie war es wirklich! Direkt vor mir saß Lady Gräfin Annabel Ashcroft de Winter von Taxis! Sie hatte sogar ihr Markenzeichen, den Turban, auf und ein Wallekleid an, das man, wie Mom mir einmal gesagt hatte, Kaftan nannte. Lady de Winter von Taxis sah aus wie in einem ihrer Filme. Bloß vielleicht ein bisschen älter. Ich beugte mich vor, um besser sehen zu können. Okay, vielleicht auch *viel* älter.

»Ich fass es nicht, Lady Gräfin Annabel Ashcroft de Winter von Taxis hat mich gerade erfrischend genannt!«, quietschte ich. Ich schaute auf ihren Teller und sah noch einen Rest Pfannkuchen in Ahornsirup schwimmen. »Und Sie essen auch Brot!« Pfannkuchen waren zwar streng genommen kein Brot, aber sie gehörten zur Brotfamilie.

Sie stieß ihr klirrendes Lachen aus, das sich genauso

anhörte wie im Film *Zauberakademie*. »Natürlich, Schätzchen! Ohne Brot wäre das Leben doch nicht lebenswert – vergiss das nie. Das sollte man sich genauso merken, wie dass man sich jeden Abend vor dem Schlafengehen abschminken muss, ganz gleich wie viel Scotch man vorher getrunken hat.«

Hastig kramte ich mein Notizbuch mit den Ratschlägen aus der Tasche. »Könnten Sie das noch mal wiederholen, bitte?«, bat ich. »Ich habe kürzlich angefangen, ein Büchlein mit wertvollen Ratschlägen zu führen, und ich denke, das sollte unbedingt da rein.«

Sie lachte noch einmal klirrend. »Ein *Ratschlag*-Büchlein! Wie *fabelhaft*! Ich hoffe, das Mädchen, das in dem Film, den ich gerade drehe, meine Urenkelin spielt, ist so fabelhaft wie du. Wie heißt sie doch gleich?«

»Oh, das ist sie«, sagte ich. Ich konnte nicht fassen, dass ich mich mit Lady Gräfin Annabel Ashcroft de Winter von Taxis persönlich unterhielt! Laura war berühmt, aber Lady de Winter von Taxis war BERÜHMT-berühmt. Die ganze Sache machte mich ziemlich nervös. Ich hoffte bloß, dass ich nicht anfing, unter den Achseln zu schwitzen, denn das wäre mir superpeinlich gewesen.

»Ach, du kennst sie, Liebes?«

Ich nickte. »Unsere Zimmer sind direkt nebeneinander. Sie ist meine Frester. Das ist eine Mischung aus Freundin und Schwester«, erklärte ich.

»Fabelhaft!«, rief sie mit dröhnender Stimme. »Was für ein wundervolles Wort!« Sie beugte sich vor. »Also ist sie nicht wie dieses Mädchen, mit dem ich *Schwesterntausch* gedreht habe – die, die immer Ärger mit dem Gesetz hat?«

Ich wusste, von wem sie sprach – Taylor Tompkins, deren Polizeifoto fast jede Woche auf den Titelseiten der Klatschmagazine zu sehen war, weil sie ständig verhaftet wurde. »Oh nein – Laura ist das komplette Gegenteil!«, erwiderte ich, jetzt schon etwas entspannter. Lady de Winter von Taxis war so nett, dass man fast vergaß, nervös zu sein. »Sie ist total nett. Und verglichen mit den meisten Stars ziemlich langweilig. Ich meine, ihre Vorstellung von einem lustigen Freitagabend besteht darin, ihre Bücher im Regal alphabetisch zu ordnen und Aktenordner zu beschriften.«

Lady de Winter von Taxis lächelte. »Also, solange sich jeder an den Vertrag hält, in dem mir mehr Nahaufnahmen als ihr zugesichert wurden, bin ich sicher, dass wir gut miteinander auskommen werden.« Sie stand auf. »Leider muss ich jetzt los, Liebes. Je älter ich werde, desto mehr Zeit muss ich in der Maske verbringen. Ich hoffe, du sagst mal Hallo, wenn du ans Set kommst.«

»Zufälligerweise bin ich sogar nachher dort!«, rief ich aufgeregt. Vielleicht konnte mir ja Lady Gräfin Annabel Ashcroft de Winter von Taxis bei dieser Sache mit den Schwärmen helfen. Eine Frau, die sechs Mal verheiratet war, musste doch über Jungs Bescheid wissen.

»*Formidable!*«, rief sie. Von Beatrice wusste ich, dass das »fabelhaft« auf Französisch hieß. Sie beugte sich zu mir herunter und küsste mich auf beide Wangen.

»Tschüssi!«, trällerte sie noch, als sie davonrauschte.

»Tschühüs!«, trällerte ich zurück. Aber da ich es leider nicht gewöhnt war, zu trällern, geriet mir die Aussprache so feucht, dass ich mich selbst anspuckte.

Wenn die restliche Reise genauso aufregend wurde, dann würde ich bestimmt meine Tage bekommen, denn laut Marissa war Aufregung – gepaart mit Verlegenheit und Drama – ja ein bekannter Auslöser dafür.

Siebtes KAPITEL

Liebe Dr. Maude,

RATEN Sie mal, wo ich gerade bin? Aber vermutlich erraten Sie das sowieso nie, also sage ich es Ihnen. Ich sitze im Wagen auf dem Weg in die *Olympus Studios*! Keine Sorge – ich will Sie nicht stalken, ich fahre bloß ans Set von Lauras Film. Wie dem auch sei, ich schreibe Ihnen, weil ich, wie immer, mal wieder einen Rat bräuchte.

Erinnern Sie sich noch, wie ich Ihnen geschrieben habe, dass sich Laura total filmstarmäßig aufgeführt hat, als wir in L.A. angekommen sind? Tja, erst entspannte sich die Lage übers Wochenende wieder, aber jetzt wird es immer schlimmer. *Viel* schlimmer. Sie hängt so ziemlich die ganze Zeit am Handy und redet mit ihrem Manager und ihrem Agenten und ihrer PR-Frau, weil ganz Hollywood schon verrücktspielt, wegen dieser Kussszene mit Austin Mackenzie, die noch gar nicht im Kasten ist. Und alle finden, dass sie in dem Film so toll ist, obwohl sie noch nicht mal mit dem Drehen angefangen haben, und dass sie darin eine ganz neue Seite von sich zeigt, und plötzlich bekommt sie von allen Seiten neue Filmangebote. Ich versteh ja, dass das ihr Job ist, aber jedes Mal, wenn ich sage: »Du, Laura?«, dann seufzt sie total genervt und sagt: »Was, Lucy?«, und dann klingt sie immer wie Mom, wenn ich ihr ganz viele Fragen stelle. Sie hat mir nicht mal zugehört, als ich versucht habe, ihr von meiner Begegnung mit Lady Gräfin Annabel Ashcroft de Winter von Taxis beim Frühstücken heute Morgen zu erzählen. (Ist das nicht die beste Promi-Sichtung überhaupt? Und nicht nur das, sondern sie fand es auch noch TOTAL SUPER, dass ich Brot esse, denn anscheinend macht das hier in L.A. sonst kaum jemand.) Haben Sie vielleicht irgendeinen Rat für mich, wie ich das hinbiegen könnte? Ich habe nämlich noch fünf Tage in L.A. vor mir, und wenn ich die ganze Zeit ignoriert werde, dann hätte ich auch in New York bleiben können.

MfG
Lucy B. Parker

Obwohl Laura sich wieder ziemlich arschig aufführte, fand ich es trotzdem aufregend, in Hollywood zu sein. Als wir die Melrose Avenue hinunterfuhren, schaute ich aus dem Fenster und staunte. »Oh mein Gott! Da ist ja der Hollywood-Schriftzug!«, schrie ich.

Laura blickte kaum von ihrem Handy auf. »Hä? Ach, ja.« Dann konzentrierte sie sich wieder aufs E-Mail-Schreiben oder was sie sonst gerade tat, außer mich zu ignorieren.

Meine Wangen wurden ganz heiß und ich rutschte auf dem Sitz tiefer. Vermutlich klang ich wie ein totaler Tourist. Aber ich war ja auch ein Tourist! Also war es doch wohl auch okay, sich wie einer zu benehmen. Bloß weil sie den Hollywood-Schriftzug schon neun Millionen Mal gesehen hatte, hieß das ja nicht, dass ich davon nicht begeistert sein durfte.

Schon wieder klingelte ihr Handy. Sie schaute auf das Display. »Das ist Howard – da muss ich rangehen«, sagte sie.

Ich warf mich seufzend auf dem Sitz zurück. Sie »musste« bei jedem Anruf rangehen – egal ob von Howard, Marci oder Jaycee. Aber was sie wirklich hätte tun müssen, war, aufzuhören, sich wie ein Superstar aufzuführen. Während sie am Telefon quasselte, schaute ich aus dem Fenster und saugte alles, was es zu sehen gab, auf. Palmen, schicke Autos ohne jeden Kratzer oder Dellen wie bei Dads altem Saab und noch mehr kläffende Hündchen mit Sonnenbrillen. Zumindest gab es interessante Sachen zu sehen, während ich ignoriert wurde.

Schließlich fuhr der Wagen durch zwei Eisentore, und ich rief: »Oh mein Gott – ich fass es nicht, dass ich in den weltberühmten *Olympus Studios* bin!« Laura warf mir einen Blick zu, der sagen sollte: »Siehst du nicht, dass ich gerade telefoniere, also könntest du bitte nicht so laut sein?!«

»'tschuldigung«, murmelte ich und warf mich wieder zurück in den Sitz.

Nachdem wir ausgestiegen waren und zu dem Wohnwagen liefen, in dem sich die Maske befand, kamen wir an einer Reihe von Gebäuden vorbei, die aussahen wie in New York, aber heller und sauberer. Laura erklärte mir, das seien Filmsets, und weil in den *Olympus Studios* viele Filme gedreht wurden, hatten sie ganz viele verschiedene. Wir sahen eines, das aussah wie aus dem Wilden Westen (mit Saloon und allem), und eines, von dem Laura sagte, dass es Paris darstellen sollte, weil alle Schilder auf Französisch waren. Aber nicht nur das, sondern es hatten auch alle Leute, die uns begegneten, unterschiedliche Kostüme an. Es war wie an Halloween, aber mit Erwachsenen, die Zigaretten rauchten und *Red Bull* tranken.

Jedes Mal, wenn wir an einem Wohnwagen vorbeikamen, fragte ich: »Ist *das* der Catering-Wagen?« Denn

(a) konnte ich es kaum erwarten, einmal einen zu sehen, und (b) hatte ich Hunger. Aber Laura war zu sehr damit beschäftigt, SMS zu schreiben, um mir zu antworten. Schließlich kamen wir zu einem Wohnwagen, auf dem Laura MOSES – MASKE stand, und sie drehte sich zu mir um. »Die Produzenten wollen mich sehen, also lass ich dich hier bei Roger und Maya, okay?«

Kein Ding. Die beiden würden wenigstens nett zu mir sein. Als ich sie das erste Mal getroffen hatte, in Northampton, hatte Roger den Haarschnitt in Ordnung gebracht, den Moms Freundin Deanna mir nach dem Glätteisen-Zwischenfall verpasst hatte, und Maya hatte mich umgestylt.

Nachdem wir uns zur Begrüßung alle umarmt hatten, betrachtete mich Maya von oben bis unten. »Deine Haare sind schon ganz schön gewachsen«, stellte sie fest.

»Ja, schon«, sagte ich. »Aber sie gehen mir noch lange nicht bis zum Hintern.«

Roger gluckste. »Aber ich sehe, da hat jemand versucht, sich den Pony selbst zu schneiden.«

Laura hatte mich gewarnt, wie sauer Roger wurde, wenn man selbst an seinen Haaren rumschnippelte. Und ein wütender Mann mit Glatze und Tattoos war ein ziemlich beängstigender Anblick. »Tut mir leid, aber sie hingen mir einfach schon voll in die Augen.«

In Verbindung mit meinem Koordinationsproblem hatte das zu jeder Menge Zusammenstöße geführt.

»Hinsetzen«, sagte er und zeigte auf den Stuhl. »Ich muss ein wenig Schadensbegrenzung leisten.« Nachdem er meinen Pony wieder in Ordnung gebracht hatte, beschloss er mir einen komplett neuen Schnitt zu verpassen. »Also, was gibt es Neues und Aufregendes?«, fragte er, während er an mir herumschnippelte. »Wie läuft es denn zwischen dir und Laura?« Ein Grund, warum ich gern berühmt wäre, war der, dass ich dann immer jemanden hätte, der mir die Haare macht. Na ja, das und der Präsentkorb voller Gebäck, den man laut Laura bekam, wenn man für eine Auszeichnung nominiert wurde.

Ich zuckte mit den Schultern. »Schon okay.«

Er trat einen Schritt zurück, um meine Haare zu betrachten. Er war erst halb fertig und schon sah ich viel besser aus. Ich wirkte definitiv eher wie dreizehn statt wie zwölfeinhalb. Er drehte sich zu Maya um. »Wie wär's, wenn wir ihr ein wenig Rouge verpassen? Was meinst du?«

Maya holte ein paar Pinsel und kleine Tiegel heraus und fing an, etwas Rouge auf meine Wangenknochen zu tupfen. Mom fand, ich sei noch zu jung für Schminke, und ich war sowieso nicht so scharf darauf, weil ich fand, dass es sich klebrig anfühlte, und ich es meistens sowieso bloß verschmierte, aber (a) war Mom nicht hier, weil sie mich abgeschoben hatte, und (b) hatte ich gerade sowieso nichts Besseres zu tun.

»Ich sag dir das ja nur ungern, aber dein ›schon okay‹ klang nicht besonders überzeugend«, meinte Maya.

Ich seufzte. Obwohl Roger und Maya für Laura arbeiteten und nicht für mich, hatte ich das Gefühl, ihnen erzählen zu können, was mit mir und Laura los war. »Na ja, seit wir hier in L. A. sind, mutiert Laura, das normale Mädchen, zu Laura-Moses-Superstar. Und auch wenn sie das Wochenende über wieder ganz normal war, hängt sie jetzt die ganze Zeit am Handy und sagt mir ständig, dass ich Ruhe geben soll, und gibt mir das Gefühl, ich sei total nervig und peinlich, wie irgendeine spackige kleine Schwester, bloß weil ich es total aufregend finde, hier in Hollywood zu sein. Und wenn ich versuche, etwas Wichtiges mit ihr zu besprechen« – zum Beispiel das mit Blair und ob ich nun für ihn schwärmte oder nicht –, »dann hört sie überhaupt nicht zu, sondern simst die ganze Zeit mit Marci.« Als ich all das aussprach, wurde mir klar, wie sehr ich mich schon daran gewöhnt hatte, dass Laura Teil meines Lebens war. Ich hatte mich daran gewöhnt, sie als Frester zu haben … deshalb zog mich ihr verändertes Verhalten auch so runter. Ich spürte, wie mir die Tränen kamen, und schniefte, um sie zurückzuhalten.

»Ach, Süße, das passiert eben alle paar Monate – normalerweise, wenn sie gerade einen Film dreht, statt für ihre Serie zu arbeiten«, sagte Roger.

»Ja, weißt du, alle, die beim Fernsehen sind, wollen unbedingt ein Filmstar sein«, erklärte Maya.

Roger zupfte noch etwas mehr an meinen Haaren herum. »Jetzt reitet sie erst mal ziemlich darauf rum, aber keine Sorge – sie kriegt sich bald wieder ein«, meinte er.

»Wirklich? Meinst du?«, fragte ich. Ich war mir da nicht so sicher. »Ich fühl mich nämlich wie ein total nerviges Anhängsel.« So mussten Marissa und Alice sich fühlen, schließlich waren sie wirklich nervige Anhängsel. Oh nein – war ich etwa Lauras Marissa? Saß sie etwa in diesem Augenblick mit den Produzenten zusammen und erzählte ihnen, wie nervig ich war? War sie einfach bloß eine gute Schauspielerin, jedes Mal wenn sie mir sagte, sie sei froh, dass ich mitgekommen sei, und tat sie bloß so, als sei sie nett zu mir, weil sie glaubte, es wäre gut für ihr Karma oder so was?

Roger knetete mir etwas ins Haar. »Ich glaube das nicht – ich *weiß* es. Das Mädchen könnte ohne dich doch gar nicht mehr leben, genauso wenig wie ohne uns beide hier«, sagte er.

Wow. Ich wollte nicht eingebildet klingen, aber meine Haare sahen jetzt *richtig* gut aus. Sogar so gut, dass ich nicht mal die lila Blume wieder hineinsteckte (irgendwie war ich beinahe süchtig danach geworden, sie zu tragen). »Und glaub mir, ich bin Friseur – wir kennen uns mit solchen Dingen aus.«

Nachdem ich eine halbe Stunde am Filmset herumgesessen hatte, holte ich mein Ratschlag-Buch heraus. *Falls man die Gelegenheit hat, an einem Filmset zu sein, dann sollte man unbedingt ein Buch mitnehmen, denn abgesehen davon, seiner Frester dabei zuzuschauen, wie sie ihre Sockenschublade aufräumt, ist das so ziemlich das Langweiligste auf der Welt.* Ich war zuvor erst einmal auf einem Filmset gewesen, zu Hause in Northampton, und obwohl ich bloß fünf Minuten dort war, bis es zum Hut-Zwischenfall kam, war es mir ziemlich interessant erschienen. Aber jetzt stellte sich heraus, dass Laura recht gehabt hatte – das Einzige, was man dort machte, war warten. Auf die Beleuchter, bis sie das Licht eingestellt hatten. Auf die Kameraleute, bis sie die Kameras richtig postiert hatten. Auf den Regisseur, der mit dem Kameramann darüber stritt, wo die Scheinwerfer und die Kameras aufgestellt werden sollten.

Und um alles noch schlimmer zu machen, hatte ich nach nur einer Stunde am Set bereits drei Einstellungen ruiniert. Beim ersten Mal hatte ich nicht mitbekommen, dass der Regisseur bereits »Action!« gerufen hatte, und meinen Stuhl quietschend verschoben, damit ich besser sehen konnte. Beim zweiten Mal rief ich: »Ich glaube, diese Kopfhörer funktionieren nicht!« (man musste Kopfhörer tragen, um zu hören, was passierte, weil die Schauspieler so weit weg standen, dass der Ton über ein riesiges, wuscheliges Mikrofon namens Galgen übertragen werden musste, das über ihnen hing) – nachdem ich wieder das »Action!« verpasst hatte. Und beim dritten Mal war ich aus Versehen ins Bild gelaufen, als ich von der Toilette zurückkam.

Ich dachte gerade ernsthaft darüber nach, ob ich mich lieber wieder dort verkriechen sollte, als ich Marci ans Set kommen sah. Laura hatte sie genau so beschrieben – perfekt geföhnte rote Haare, superhohe Absätze, ein säuerlicher Zug um den Mund, als hätte sie soeben in eine Zitrone gebissen – und obwohl Laura gesagt hatte, Marci sei nicht besonders nett, lächelte ich. Zumindest hatte ich endlich jemanden, mit dem ich mich unterhalten konnte. »Du musst Marci sein«, sagte ich, nachdem sie dorthin geklackert war, wo ich saß.

»Das bin ich. Und wer bitte bist du?«, antwortete sie schnippisch.

»Lucy B. Parker«, sagte ich und streckte ihr die Hand entgegen. »Lauras Frester. Das ist eine Mischung aus Freundin und Schwester.«

»Oh, *die* Lucy? Ihre *Stiefschwester*?«, meinte sie, während ihre Finger über das Display ihres *iPhones* wirbelten. Sie schaute mich nicht mal an. Mein Lächeln erstarb. So wie sie Stiefschwester sagte, klang es nach einer Art Krankheit. Danach versuchte ich erst gar nicht mehr, mich mit ihr zu unterhalten, obwohl sie direkt neben mir am Set saß. Sobald Laura ihre Szene mit Lady Gräfin Annabel Ashcroft de Winter von Taxis abgedreht hatte, ließ mich Marci stehen, eilte zu Laura und fing an, auf sie einzuplappern. Auch Lady de Winter von Taxis sah nicht, wie ich ihr winkte, und verschwand in ihrem Wohnwagen, bevor ich auch nur die Gelegenheit hatte, Hi zu ihr zu sagen. Und Laura schaute nicht mal in meine Richtung.

Während ich herumhockte und versuchte, nicht an meiner Nagelhaut herumzupulen, obwohl das eine nervöse Angewohnheit von mir war (und es machte mich wirklich nervös, allein dort herumzusitzen wie ein Loser), ließ sich ein glatzköpfiger Mann in Alans Alter mit Ohren wie Krughenkel in den Klappstuhl neben mir plumpsen. »Hi, ich bin Sylvester Benjamin-Morgan«, sagte er mit englischem Akzent.

»Hallo. Ich bin Lucy B. Parker«, erwiderte ich.

»Spielst du auch in dem Film mit?«, fragte er mich.

Ich schnaubte. »Nein, ich bin bloß mit Laura Moses hier. Wir sind Fr… fast Stiefschwestern.«

Seine Augen leuchteten. »Ach, echt?«, meinte er. »Also, Lucy B. Parker, wie ist das so?«

Endlich konnte ich mich mit jemandem unterhalten. Ich war so froh, nicht mehr vollkommen unsichtbar zu sein, und ich wollte, dass er so lange wie möglich dablieb, damit ich mich nicht wie ein absoluter Loser ohne Freunde fühlen musste, also fing ich ganz am Anfang an … mit dem Hut-Zwischenfall, und dass ich Laura danach überhaupt nicht mochte, wir uns dann aber in dem Eiscafé besser kennengelernt hatten und wie ich sie daraufhin mit ins Einkaufszentrum genommen hatte, weil sie vorher noch nie in einem war. Hin und wieder kritzelte er etwas in ein kleines Notizbuch, was schon ein bisschen komisch war, aber aus Filmen wusste ich, dass Engländer sehr klug sind, also war er vermutlich einfach einer dieser Menschen, die sich ständig Notizen machten, weil sie die ganze Zeit lernten.

Als ich ihm gerade erzählte, wie ordentlich Laura war, kam Marci herübergestakst. »Was willst du hier, Sylvester?«, fragte sie. »Ich hab dir doch gesagt, dass du auf keinen Fall mit Laura reden wirst?«

»Oh, wow – ihr kennt euch?«, fragte ich.

»Kennen? Sylvester Benjamin-Morgan ist bloß *der* schmierigste Klatschreporter von ganz England?«, rief sie entrüstet. War das eine Feststellung oder eine Frage?

Ich spürte, wie meine Wangen heiß wurden. Oh nein. Ich hatte es total vermasselt.

»Ich würde sagen, ›schmierig‹ ist ein bisschen zu hart, Liebes«, sagte er, während er aufstand und sich so schnell wie möglich vom Acker machte.

Laura kam zu uns herüber, und der Knoten, der sich

in meinem Bauch gebildet hatte, wurde noch fester. »Was ist denn los?«, fragte sie.

Oh nein, nein. Wenn es eines gab, das Laura noch mehr hasste als unordentliche Schubladen, dann waren es schmierige Klatschreporter. »Nichts, ich habe bloß ...«, fing ich mit bebender Stimme an.

»Sie hat bloß Sylvester Benjamin-Morgan ein Interview gegeben?«, keifte Marci.

Laura wurde blass. »Du hast was?«

»Ich hab ihm kein Interview gegeben!«, rief ich. »Ich hab mich bloß mit ihm unterhalten.«

»Worüber?«, fragte sie.

»Über ... uns. Wie wir uns kennengelernt haben und alles«, sagte ich nervös. Vielleicht hatte Marci ja übertrieben – vielleicht war Sylvester gar nicht von irgendeiner Klatschzeitung. Vielleicht war er vom *People Magazine* oder von *US Weekly*. Das wäre dann nur teilweise schlimm, statt schlimm-schlimm.

»Lucy, das ist der Typ, der geschrieben hat, ich sei eine Außerirdische«, sagte Laura.

Oh, das war definitiv schlimm-schlimm. Ich sackte so kraftlos auf meinem Stuhl zusammen, dass ich fast herunterrutschte. Marci wandte sich an Laura. »Hast du ihr nicht gesagt, dass sie niemals mit einem Reporter reden darf, ohne dass ein Erwachsener dabei ist?«

Oh, bitte. Marci war erst vierundzwanzig und damit selbst noch kaum erwachsen.

»Ich wusste doch gar nicht, dass ich mit einem Reporter spreche!«, rechtfertigte ich mich und wischte mir die Augen, die sich langsam mit Tränen füllten. »Ich dachte, ich unterhalte mich bloß mit … ich weiß auch nicht … jemandem, der *nett* zu mir ist.«

»Ich fass es nicht, dass du das gemacht hast, Lucy! Mein Vater wird ausflippen, wenn er das hört!« Laura war so wütend, dass sie violett anlief, eine der wenigen Farben, die ihr nicht standen.

»Ich hab das doch nicht mit Absicht gemacht!«, rief ich jetzt wirklich unter Tränen. Ich griff in meine Hosentasche, aber statt einem weichen Taschentuch fand ich bloß eine kratzige Serviette von *Starbucks*.

Marci zeigte auf einen kleinen, glatzköpfigen Mann mit Brille in einiger Entfernung. »Laura, da sind die Journalisten von *In Touch with People*? Du musst mit ihnen reden? Lucy kannst du auch später noch zusammenstauchen?«

Noch bevor ich sagen konnte: »Aber das war doch ein Missverständnis – ich hab's nicht verdient, dass man mich zusammenstaucht!« Oder auch nur: »Wie oft soll ich's noch sagen? Es tut mir *leid*!«, waren die beiden auch schon abgedüst.

Das war total unfair. Es war nicht meine Schuld, dass sich alles zum Schlechten wandte. Nachdem ich mir mit dem Saum meines T-Shirts die Augen gewischt hatte, holte ich mein Ratschläge-Buch heraus und notierte:

Wenn dir jemand eine Reise nach Hollywood anbietet, sag besser NEIN!!

Immer wenn ich aufgeregt war – sagen wir beispielsweise darüber, was mein Fast-Stiefvater, der total paranoid ist, wenn es darum ging, was man schmierigen Klatschreportern über seine Superstartochter erzählte, wohl dazu sagen würde, wenn er erfuhr, dass ich mit einem von ihnen gesprochen hatte –, bekam ich Hunger. Deshalb beschloss ich, als Laura sich mit den nicht schmierigen Reportern unterhielt und Marci mir weiter wütende Blicke zuwarf, den Cateringwagen zu suchen. Auch wenn ich vermutlich später wieder angebrüllt würde, weil ich das Set verlassen hatte, ohne Bescheid zu sagen, schlich ich mich einfach davon, denn (a) hatte ich ohnehin keine Chance, Lauras Aufmerksamkeit zu gewinnen, weil sie zu sehr damit beschäftigt war, ihr Haar zurückzuwerfen und lauter zu lachen als sonst, während sie mit den Reportern sprach, und (b) würde es Laura sowieso nicht kümmern, wenn ich weg war.

Es gab auf dem Studiogelände zwar keine Busse, die einen ummähen konnten wie in Manhattan, aber dafür jede Menge kleine Golfwagen, in denen Leute in Anzügen herumfuhren, die in ihre Handys schrien und denen ich stattdessen ausweichen musste. Und da waren Männer oben auf riesigen Kränen mit Scheinwerfern und Kameras, die brüllten: »Hey, Kleine! Pass auf, wo du hingehst!«, weil ich beinahe mit ihnen zusammenstieß, während ich den Golfwagen aus dem Weg sprang. Außerdem war da noch so ein Typ mit Sonnenbrille, der aussah wie dieser berühmte Schauspieler, der schon in vielen Actionfilmen mitgespielt hatte und der dem Bodyguard neben sich zurief: »Kannst du dem Mädchen da bitte sagen, dass es aufhören soll, mich anzustarren – du weißt doch, wie ich das hasse!« Ich fühlte mich wie bei einem gefährlichen Hindernislauf und war so damit beschäftigt, nicht unter die Räder zu kommen, dass ich aufhörte zu weinen. Aber nachdem ich den Cateringwagen zehn Minuten später noch immer nicht gefunden hatte, beschloss ich, umzukehren und wieder zurückzugehen. Doch weil ich keinen besonders guten Orientierungssinn hatte, wusste ich nicht mehr, woher ich gekommen war. Während ich so vor mich hin irrte, sah ich anstatt der Straßenzüge und Kräne, an denen ich vorhin vorbeigekommen war, bloß irgendwelche Gebäude, die mir überhaupt nicht bekannt vorkamen.

Und dann entdeckte ich es.

Auf einem Schild an einer der Lagerhallen stand in denselben großen, roten Buchstaben, die immer über meinen Fernsehschirm flackerten: ZUR SACHE, LEUTE – ZUSCHAUEREINGANG.

Wenn Sarah Dinge sagte wie: »Alles, was passiert,

passiert aus einem Grund« oder »Zufälle sind bloß eine Taktik des Universums, um anonym zu bleiben«, dann verdrehte ich normalerweise die Augen. Aber in diesem Moment wurde mir klar, dass mein fehlender Orientierungssinn eigentlich etwas Gutes war, denn sonst wäre ich jetzt schon wieder zurück am Set und müsste mich anschreien oder ignorieren lassen und stünde nicht kurz vor der Lösung all meiner Probleme, sodass ich nie wieder einen schlechten Tag haben würde!

Eigentlich war ich niemand, der sich vordrängelte, aber anstatt mich ganz hinten in der Schlange mit den Leuten anzustellen, die T-Shirts mit Aufdrucken wie TOLEDO LIEBT DR. MAUDE oder ZUR SACHE, SCHÄTZCHEN trugen, marschierte ich direkt nach vorn zum Türsteher.

»Hi. Mein Name ist Lucy B. Parker, wenn es Ihnen keine zu großen Umstände macht, wäre ich Ihnen sehr dankbar, wenn Sie Dr. Maude sagen könnten, dass ich hier bin«, sagte ich höflich.

Der Türsteher schnaubte verächtlich. »Schon klar, Kleine. Entweder du stellst dich hinten an oder du verschwindest, okay?« Er grinste. »Schönen Tag noch.«

»Aber Sie verstehen das nicht. Ich brauche wirklich dringend ihren Rat«, beteuerte ich.

Er zeigte auf die Warteschlange. »Genau wie all diese Leute da auch.«

»Aber Dr. Maude und ich sind E-Mail-Freunde! Sie weiß, dass ich komme!«, rief ich. Das war vielleicht ein bisschen geschummelt, denn ich war mir ziemlich sicher, dass einem die andere Person antworten musste, damit man eine E-Mail-Freundschaft hatte, aber es war nicht total gelogen. Und sie wusste ja wirklich, dass ich kommen würde. Na ja, sie wusste es, falls sie meine E-Mails auch wirklich las.

Er verdrehte genervt die Augen. »Was meinst du, wie oft ich diese Leier schon gehört habe? Jetzt komm schon – zurück in die Schlange oder du verschwindest.«

Ich beugte mich vor. »Im Ernst – Sie haben ja keine Ahnung, wie dringend ich im Moment Rat brauche. Hören Sie, erst haben sich meine Eltern scheiden lassen, und dann ist mein Vater mit dieser komischen Yogalehrerin zusammengekommen und jetzt bekommen sie auch noch ein Baby und wollen es *Ziggy* nennen, können Sie sich das vorstellen …«

»Mein Onkel heißt Ziggy«, sagte er trocken.

»… und das ist ja auch ein total cooler Name«, fuhr ich fort, in der Hoffnung, dadurch seine Sympathie zu wecken. »Und dann hat sich meine Mutter auch noch in einen Typen verliebt, dessen Tochter zufälligerweise …« Stopp, ich hatte meine Lektion gelernt. *Auf keinen Fall* würde ich Lauras Namen noch irgendwem gegenüber erwähnen. »… ein Superstar ist. Und dann musste ich nach New York ziehen. Und zu allem Übel muss ich laut Beatrice – das ist meine beste Freundin – nicht bloß für einen, sondern gleich für *drei* Jungs schwärmen ...«

Er zeigte wortlos auf das Ende der Warteschlange. »Hör mal, wenn du dich da anstellst, dann bekommst du vielleicht noch Karten für eine der Aufzeichnungen in zwei Wochen ...«

»Aber das war doch noch nicht alles!«, rief ich verzweifelt. Ich hatte ihm ja noch nicht einmal davon erzählt, dass Mom mich einfach hängen ließ, weil ich ja so resilient war, oder dass Laura sich plötzlich total ätzend aufführte und mich auch hängen ließ, oder von Sylvester Benjamin-Morgan und davon, wie ich zusammengestaucht worden war von einer fiesen, sauertöpfischen PR-Tante! »Ich bin doch bloß diese Woche hier! Ich wohne in New York! Das habe ich Ihnen doch schon erzählt!« Ich verschwieg ihm lieber, dass ich im selben Haus wohnte wie Dr. Maude, weil ich Angst hatte, dass er dann sagen würde: »Was suchst du dann hier? Klopf doch einfach zu Hause an ihre Tür!«

Er zuckte mit den Schultern. »Du möchtest Rat? Hier hast du meinen: Schau dir Dr. Maude im Fernsehen an. Das ist bestimmt viel bequemer als die Sitzplätze da drinnen.«

Ein zweiter Sicherheitsmann – genauso groß und breit, aber noch dazu bewaffnet – kam zu uns herüber. »Gibt es ein Problem?«, fragte er.

»Nein«, quiekte ich. Ich wusste, Mom und Alan würden schon wegen der Sache mit Sylvester total ausflippen – also ließ ich mich besser nicht noch verhaften, weil ich Dr. Maude gestalkt hatte.

»Also … stellst du dich jetzt für die Tickets in zwei Wochen an, oder was?«, fragte der erste Wachmann.

»Nein«, seufzte ich. Was sollte das auch bringen? Ich brauchte nicht erst in zwei Wochen Rat – ich brauchte ihn *jetzt*.

Achtes KAPITEL

Liebe Dr. Maude,

ich weiß ja, dass Sie zu Ihren Gästen in der Show oft sagen, sie sollen aufhören zu jammern und sich zusammennehmen: »So ist das Leben und es ist nicht fair. Also, find dich damit ab!«

Und wissen Sie was, Dr. Maude? Sie haben recht – das Leben ist nicht fair! Denn wenn es das wäre, dann würde ich jetzt irgendetwas machen, das SPASS macht – mit Beatrice in *Billy's Bakery* gehen oder mit Dad Monopoly spielen –, anstatt in Lauras Wohnwagen zu sitzen und zu WEINEN, weil sie total arschig zu mir ist. MAL WIEDER. Sie ist nicht bloß total wütend auf mich, weil ich mich mit einem schmierigen Klatschreporter unterhalten habe, obwohl ich nicht mal wusste, dass er ein Reporter war, sondern, als ich endlich wieder ans Set zurückgefunden hatte, nachdem ich mich ziemlich lange verlaufen und versucht hatte, zwei Wachmänner dazu zu kriegen, mich zur Aufzeichnung Ihrer Show durchzulassen, weil Sie und ich ja schließlich E-Mail-Freunde sind, war ihr nicht mal aufgefallen, dass ich verschwunden war. SO gleichgültig bin ich ihr plötzlich!

Die einzige gute Nachricht ist, dass Lauras PR-Agentin Marci den Chef dieses schmierigen Klatschreporters überreden konnte, den Artikel mit all dem Zeug, das ich ihm erzählt habe, nicht zu veröffentlichen (vermutlich weil sie echt beängstigend fies sein kann). Und Laura ist so damit beschäftigt, den großen Teeniestar zu spielen, dass sie nicht mal Zeit hatte, Mom und Alan anzurufen und ihnen zu petzen, was ich gemacht habe. Also bekomme ich wenigstens erst Hausarrest, wenn ich wieder in New York bin. Aber ich merke trotzdem, dass sie total sauer auf mich ist, was echt unfair ist, weil ich das ja nicht mit ABSICHT gemacht habe!

Im Moment ist mein Leben so schrecklich, dass wahrscheinlich nicht mal SIE mir noch helfen können, Dr. Maude.

MfG
Lucy B. Parker

PS: Was ich Ihnen noch sagen wollte – die Fotos von Ihren beiden Dackeln Ich und Es, die Sie auf Ihre

Homepage gestellt haben, sind echt toll. Die, auf denen Sie mit ihnen am Strand entlanglaufen. Totaaaaal niedlich!

Als ich in Lauras Wohnwagen saß und mir die Nase putzte (glücklicherweise waren es *Deluxe-Supersoft*-Taschentücher), wurde mir klar, dass ich im vergangenen Jahr mehr geheult hatte als während der gesamten restlichen elf Jahre meines Lebens. Außer vielleicht als ich noch ein Baby war, aber da war ich mir nicht sicher, da ich mich nicht so weit zurückerinnern konnte. Es war mir sogar egal, dass meine Augen ganz rot wurden und anschwollen, denn ich hatte nicht vor, heute noch irgendjemanden zu sehen. Ich war sogar geneigt, das Mittagessen ausfallen zu lassen, obwohl Laura mir gesagt hatte, dass man sich einen zweiten oder sogar dritten Gang bestellen konnte – was deutlich zeigte, wie niedergeschlagen ich war. Wenn wir erst einmal zurück im Hotel wären, würde ich mich in der Suite verbarrikadieren und den Rest der Woche dort bleiben.

Leider wurde dieser Plan – wie *alle* meine Pläne für diese Woche (wie zum Beispiel, mit Laura Spaß zu haben) – durchkreuzt, als es an die Tür klopfte.

Ich schniefte und machte die Tür einen Spaltbreit auf. »Tut mir leid, aber Laura ist nicht hier. Sie ist am Set.«

»Oh. Okay, danke«, sagte eine Jungenstimme. *Moment* mal – war das etwa …?! Ich machte die Tür ein kleines bisschen weiter auf. Er *war* es! Ich konnte es nicht fassen – Austin Mackenzie stand *direkt* vor mir. Na ja, er hätte direkt vor mir gestanden, wenn die Tür nicht zwischen uns gewesen wäre. Er wandte sich zum Gehen, doch dann drehte er sich noch mal um und sah mich an. Seine blonden Haare wirkten in Wirklichkeit heller von der Sonne als im Film und er hatte superstrahlende blaue Augen. Er sah aus wie die männliche Version von Laura. »Wer bist du eigentlich?«, fragte er etwas argwöhnisch. »Und was machst du in ihrem Wohnwagen?«

»Ich bin Lucy B. Parker. Ich bin ihre …« Für mich hatte es sich definitiv ausgefrestert. »Meine Mom heiratet ihren Vater.«

»Also seid ihr Stiefschwestern«, stellte er fest.

»So was in der Art«, murmelte ich. Bevor ich mehr dazu sagen konnte, entdeckte ich Laura, die auf den Wohnwagen zukam. Dann plötzlich stehen blieb. Und ein seltsames röchelndes Geräusch von sich gab. Oh nein. Bitte lass Austin sich nicht gerade jetzt umdrehen und sie so sehen. Auch wenn ich wütend auf sie war, weil sie sich mir gegenüber so Laura-Moses-Superstar-mäßig aufführte, wusste ich nach meiner Begegnung mit Blair selbst nur zu gut, wie schwer es war, seinem Schwarm von Angesicht zu Angesicht gegenüberzustehen, noch dazu, wenn es so aussah, als ersticke man gerade an einem Hühnerknochen, und krächzte wie Miss Piggy, wenn sie einen Haarklumpen hochwürgt.

Dummerweise drehte er sich aber gerade jetzt um. Ich konnte es ihm nicht verdenken. Man hätte taub sein müssen, um sich nicht zu fragen, was das für ein Geräusch war. »Alles in Ordnung?«, erkundigte er sich bei Laura. Ich fragte mich, ob sie Miss Piggy beobachtet hatte, denn sie klang *genau* wie sie.

»Ja … *krächz* … ich …«

»Sie hat eine ziemlich schlimme Allergie«, platzte ich heraus. »Gegen … äh … den Smog hier in Los Angeles. Das ist echt ein Problem.« Ich hoffte sehr, dass Laura mir dankbar für meine Lügenkünste wäre. Aber ich bezweifelte es.

»Oh Mann, das ist echt übel«, sagte Austin. Entweder war er ein brillanter Schauspieler oder ein echt netter Kerl, denn es klang so, als meinte er es absolut ehrlich. »Ich wollte bloß kurz vorbeikommen, um mich vorzustellen. Ich bin Austin Mackenzie«, sagte er und streckte ihr die Hand entgegen.

Ich verstand nicht, warum superberühmte Leute sich überhaupt die Mühe machten, sich vorzustellen. Schließlich gab es wohl kaum eine Person auf diesem Planeten, die nicht wusste, wer er oder Laura waren, vielleicht abgesehen von ein paar Hirten in Tibet oder anderen ähnlich abgelegenen Ecken. Mittlerweile hatte sie aufgehört zu röcheln und wollte ihm die Hand geben. »Ich bin …«

Austin und ich warteten darauf, dass sie ihren Namen sagte, aber sie starrte ihn bloß vollkommen eingeschüchtert an, als würde sie gleich von einem zum Leben erwachten Faxgerät zerquetscht wie diese Frau in dem Film *Hilfe, die Büroartikel kommen*, den ich vor ein paar Wochen im Kabelfernsehen gesehen hatte. Mannomann, sie war in der Gegenwart ihres Schwarms ja noch nervöser als *ich*. Wer hätte gedacht, dass ich mich besser mit Jungs unterhalten konnte als sie.

»Das ist Laura Moses«, übernahm ich für sie. »Und sie freut sich sehr, dich kennenzulernen.« Würde ich jetzt etwa die ganze Woche für sie sprechen müssen? Vielleicht würde sie mir dann verzeihen, dass ich mich mit Sylvester unterhalten hatte. Oder zumindest merken, dass ich überhaupt da war.

»Okay, also ich schätze, wir sehen uns dann am Set«, sagte Austin. »Ich freue mich darauf, mit dir zu arbeiten.« Wenigstens sagte er nicht: »Ich freue mich darauf, dich zu küssen«, denn das wäre echt widerlich gewesen.

»Äh, ja … krächz …«, murmelte Laura.

»Sie sagt, sie hat sich auch gefreut, dich kennenzulernen«, sagte ich und zog sie in den Wohnwagen. »Zumindest würde sie das sagen, wenn ihre Smogallergie ihr nicht die Stimme geraubt hätte«, erläuterte ich noch. »Man sieht sich!«

Ich machte die Wohnwagentür zu und drehte mich zu Laura um, die auf der Couch hockte und aussah, als wäre sie gerade knapp einem Verkehrsunfall entgangen. »Ich fass es nicht, dass es mir so die Sprache verschlagen hat«, sagte sie ganz verstört.

»Ja, ich auch nicht«, stimmte ich ihr zu. Als ich sie da sitzen sah und sie wieder eher wie das ganz normale Mädchen wirkte anstatt wie Laura-Moses-Superstar, traten mir erneut die Tränen in die Augen. »Laura, es tut mir *so* leid, wegen diesem Klatschreporter …«, fing ich an.

Sie winkte ab. »Vergiss es. Ich hab dir doch gesagt, dass Marci das geklärt hat. Mach so was einfach nicht noch mal. Außerdem ist das gar nichts gegen die Tatsache, dass ich mich gerade vor Austin zum Vollhorst gemacht habe!«

Wow, hatte Verknalltsein so eine Wirkung? Ließ es einen wirklich Dinge vergessen, über die man gerade noch total sauer gewesen war? Ich zuckte mit den Schultern. Wenn sie es gut sein lassen wollte, hatte ich nichts dagegen. »Laura, du musst dich wirklich zusammenreißen«, sagte ich bestimmt. »Natürlich habe ich keine große Erfahrung mit Jungs, aber von einem Mädchen wie dir, das schon bei den *MTV Awards* vor einem Millionenpublikum aufgetreten ist, sollte man doch meinen, dass es sich mit Austin unterhalten kann. Auch wenn er ein Megastar ist.«

Moment mal – ich müsste doch eigentlich sauer auf sie sein. Warum war ich so nett und half ihr auch noch?

»Du hast recht«, stimmte sie mir zu. »Ich kann das.« Sie stand auf und fing an, auf und ab zu laufen. »Er ist bloß ein menschliches Wesen, das genauso essen und schlafen muss wie alle anderen auch …«

»Vermutlich muss er sogar auch mal furzen!«, fügte ich schmunzelnd hinzu. Ich konnte es mir einfach nicht verkneifen, denn ich war gerade total im Aufmunterungs-Modus. Außerdem wollte ich nicht, dass sie traurig war, auch wenn sie vorhin total fies zu mir gewesen war.

»Genau!«, rief sie. »Ich kann einfach da rausgehen und mich ganz normal verhalten.« Sie blieb stehen und nahm meine Hand. »Weißt du was, Sequoia hätte mich nie so gerettet wie du vorhin«, sagte sie. Sequoia war ihre Ex-BFF – das Mädchen, das auch in der Serie ihre beste Freundin spielte und sie abserviert hatte, weil sie zu viel Handdesinfektionsmittel verwendete und so ordentlich war. »Ich schätze, ich hatte bisher gar keine Ahnung, wie es ist, eine echte beste Freundin zu haben«, sagte sie leise und drückte meine Hand.

Vielleicht hatte Mom ja recht damit, dass einen diese Teenager-Hormone total irre machen. Mit Lauras Launen konnte ich einfach nicht Schritt halten. In der einen Sekunde war sie superfies und in der nächsten war sie wieder meine allerbeste Freundin. Aber sie jetzt auf dieses Hin und Her anzusprechen war wahrscheinlich keine schlaue Idee. Was, wenn sie dann wieder auf fies umschaltete?

Das klingt vielleicht dämlich, aber es irritierte mich noch immer, dass Laura mich so toll fand. Ich meine, ich war bloß eine ganz normale, untalentierte Zwölfjährige mit Koordinationsproblemen und sie war … na ja, Laura Moses eben. *Jeder* mochte sie. Selbst Leute, die sie noch nie getroffen hatten, wollten so sein wie sie. Zugegeben, sie war ein bisschen komisch. Zum Beispiel was diese Keimsache betraf. Und ihren Ordnungsfimmel. Und die Tatsache, dass sie, bevor wir uns kennengelernt hatten, noch nie in einem Einkaufszentrum gewesen war. Und wegen fünfzig Millionen anderer Sachen. Aber dennoch, trotz all dieser Dinge wäre wohl jedes Mädchen auf der Welt dafür gestorben, Laura ihre BFF nennen zu können. *Und sie hat* mich *ausgesucht*, dachte ich und drückte auch ihre Hand. Obwohl ich gesagt hatte, dass Beatrice meine BFF war, fühlte ich in Wahrheit genauso – Laura war auch meine BFF. Na ja, zumindest die Version von ihr, die kein Superstar war.

Es klopfte an die Tür. »Herein«, rief sie.

Eine Produktionsassistentin mit Kopfhörer und Walkie-Talkie steckte den Kopf herein. »Laura, du wirst am Set gebraucht«, sagte sie.

»Danke«, antwortete Laura und drehte sich dann zu mir um. »Bist du bereit?«

Ich nickte. Ich war froh, dass Laura und ich uns wieder verstanden, denn wenn ich es mir recht überlegte, wäre es wohl doch ziemlich langweilig, den ganzen Tag allein im Wohnwagen rumzusitzen. Obwohl es hier drinnen sogar einen Fernseher gab. Da hing ich doch lieber mit meiner BFF ab.

Leider hatte Laura in der Gebrauchsanweisung für BFFs das Kapitel »BFFs lassen ihre BFF nicht für einen Jungen fallen« übersehen.

Als wir ans Set kamen, schob Austin seinen Stuhl zu uns rüber (nicht während die Kamera lief). Eine Weile musste ich Laura noch beim Sich-mit-Jungs-unterhalten helfen. Sie hatte kein Problem damit, sich seitenweise Dialoge zu merken, aber wenn es darum ging, sich mit einem Jungen, den sie mochte, frei zu unterhalten … Fehlanzeige. Es verschlug ihr ganz einfach die Sprache. Manchmal mitten im Satz. Einmal sagte sie sogar: »Entschuldigt, ich muss kurz auf die Toilette. Bin gleich wieder da« und rannte davon, als hätte sie zuvor siebzehn große Flaschen Wasser getrunken. Aber nach einer Weile merkten wir beide, dass Austin ein ganz normaler Mensch war (und noch dazu ein netter, denn anstatt mich zu ignorieren, als wäre ich die nervige kleine Schwester, bezog er mich richtig in die Unterhaltung mit ein), und Laura entspannte sich endlich.

Alles lief gut, bis sie schließlich anfingen, das »Oh mein Gott, ich hatte ja keine Ahnung, dass du XYZ auch so gerne magst!«-Spiel zu spielen. Ich *hasste* dieses Spiel. Meine Mom und Lauras Dad hatten es an dem Abend gespielt, als wir zum ersten Mal alle zusammen beim Essen waren. Damals hatte ich Laura dabei erwischt, wie sie die Augen verdrehte, aber jetzt hörte sie sich genauso bescheuert an wie Mom und Alan damals und *ich* verdrehte die Augen.

Als sie damit anfingen, versuchte ich erst noch mitzuspielen (»Hey, ich mag Pizza auch!« oder »Den Film hab ich auch gesehen!«). Aber die beiden nahmen keinerlei Notiz mehr von mir. Und wenn man lange genug ignoriert wird, dann fühlt man sich wie ein totaler Loser und fängt wieder an, an seiner Nagelhaut rumzuzupfen, nur damit man irgendwas zu tun hat. Als es mir endlich gelungen war, mich wieder in das Gespräch einzuklinken, klingelte bei beiden gleichzeitig das Handy (»Cool – wir haben ja beide ein Telefon!«) und sie mussten drangehen (»Bei mir ist es *auch* mein Agent!«). Mannomann.

Ich hatte gedacht, der Vormittag sei schon schlimm gewesen, aber das hier war noch schlimmer. Laura würde nicht mal mit Austin reden, geschweige denn, dieses bescheuerte Spiel spielen, wenn ich ihr nicht geholfen hätte! Und nicht nur das, sondern es war so, als hätte Laura eine Pille geschluckt, die sie in Cristina

Pollock verwandelte. Alle paar Sekunden warf sie ihr blondes Haar zurück oder drehte es um ihren Finger und kicherte über Sachen, die echt nicht lustig waren.

Mir reichte es. Es war schlimm genug, von Laura-Moses-Superstar ignoriert zu werden, aber ich hatte wirklich keine Lust, mich zu fühlen, als hätte man mich gezwungen, in der Schule neben Cristina Pollock zu sitzen. Ich wollte ihr schon auf die Schulter tippen und sagen: »Laura? Ich geh zurück in den Wohnwagen, nur für den Fall, dass es dich auch nur ansatzweise interessiert …«, als sie sich an mich wandte: »Hey Lucy, Austin und ich müssen mal zum Regisseur, weil wir noch ein paar Fragen zu der Szene haben, die wir nachher drehen werden. Du kommst hier doch eine Weile ohne mich klar, oder?«

Das war meine Chance zu sagen: »Eigentlich nicht – ich fühle mich ein bisschen ausgeschlossen. Zumal du und ich ja *angeblich* BFFs sind.« Also holte ich tief Luft, zuckte mit den Schultern und … sagte säuerlich: »Meinetwegen.«

Jetzt sollte man doch meinen, wenn jemand wirklich deine BFF ist, dann *merkt* sie auch, dass du, obwohl du »Meinetwegen« zu etwas gesagt hast, ganz und gar nicht damit einverstanden bist und du *eigentlich* gemeint hast: »Wie kannst du mich so stehen lassen, nachdem ich dir mit meiner Schützenhilfe praktisch das Leben gerettet habe und du mich zum ersten Mal deine beste Freundin genannt hast?!« Aber diese sogenannte beste Freundin merkte das überhaupt nicht. Nein – diese sogenannte beste Freundin hatte keinen blassen Schimmer, was ich meinte, sondern schlenderte in ihrem bescheuerten Halbhexenkostüm einfach davon und ließ ihre »beste Freundin« wieder mal alleine sitzen, damit sie sich fühlte wie ein Vollidiot.

Es war, als wäre ich schon wieder von einer Freundin abserviert worden. Nur dass ich dieser Freundin nicht aus dem Weg gehen konnte, indem ich mich in der Mittagspause auf der Schultoilette verkroch, sondern trotzdem mit ihr *zusammenleben* musste.

Neuntes KAPITEL

Liebe Dr. Maude,

ich weiß, ich habe Ihnen heute schon ein paar E-Mails geschrieben, aber ich brauche noch immer ganz dringend Hilfe. Mit Laura läuft es im Moment leider gar nicht gut. Eigentlich sogar so schlecht, dass ich darüber ganz vergessen habe, herauszufinden, ob ich nun für Blair schwärme oder nicht. Ich bin viel zu wütend und zu sehr damit beschäftigt, mir auszumalen, wie ich das nächste Mal, wenn Mom und Alan eine tolle Überraschung für mich haben (wie diese Reise nach L.A., auf der Laura und ich uns eigentlich noch näher hätten kennenlernen sollen), sagen werde: »Danke, aber ich glaube, da verbringe ich lieber (a) eine Woche eingesperrt in einem Raum mit Marissa und höre ihr zu, wie sie über ihre Puppensammlung palavert, oder (b) laufe barfuß über heiße Kohlen.«

Es ist sieben Uhr abends, und statt jetzt beim Essen zu sein, mit Laura und Austin und Murray und Sam, den beiden Filmproduzenten (die beiden haben übrigens diese ganzen Filme über Chopin, die sprechende Katze, gedreht. Haben Sie die gesehen? Die waren ECHT witzig!), sitze ich allein in meinem Hotelzimmer und esse ein Schinken-Käse-Sandwich mit Balsamico-Essig, das ich mir im *Urth Caffé* geholt habe. Ich war zwar zu diesem Abendessen mit eingeladen, das schon. Aber wenn ich heute eines gelernt habe, dann dass ich auf keinen Fall mehr irgendwohin mitgehe, wo ich überhaupt nicht erwünscht bin. Und glauben Sie mir – wenn Sie gesehen hätten, wie Laura mich behandelt, dann wüssten Sie, dass ich total unerwünscht bin. Und als ich zu Laura gesagt habe: »Eigentlich bin ich ziemlich müde, also gehe ich lieber ins Hotel, anstatt mit euch zu *Dan Tana's* zum Essen zu gehen, obwohl ich echt Hunger habe, weil ich heute Mittag nicht mal den Cateringwagen gefunden habe«, hat sie bloß geantwortet: »Okay, dann sehen wir uns später im Hotel.« Nicht mal: »Echt, Lucy? Bist du sicher?« Oder: »Hm ... das klang jetzt aber nicht besonders überzeugend – kann es sein, dass du das gar nicht so meinst?«

Ich weiß nicht, mit wem ich sonst darüber reden soll. Leider kann ich Mom nicht anrufen, weil es in Italien jetzt drei Uhr morgens ist und sie wahrscheinlich erst

total ausflippen würde, weil sie denken würde, es sei etwas passiert, und dann wütend auf mich wäre, weil ich sie mitten in der Nacht geweckt habe. Ich habe schon versucht Dad anzurufen, aber er und Sarah waren gerade unterwegs zu einem Vortrag über Wannengeburten. Also hatte ich recht, als ich gesagt habe, dass sich von jetzt an alles nur noch um das Baby drehen wird. Außerdem würde Dad sowieso bloß irgendwas sagen wie: »Sei einfach ehrlich zu Laura, was deine Gefühle betrifft.« Aber DAS kommt überhaupt nicht infrage, denn (a) hat sie es nicht verdient und (b) würde sie überhaupt nicht zuhören.
Ich hoffe sehr, dass Sie das hier bekommen und mir zurückmailen – und bitte nicht bloß mit einem Sei-einfach-nur-ehrlich-Rat.
Vielen Dank im Voraus.

MfG
Lucy B. Parker

Alleine in einem Hotelzimmer rumzuhängen ist echt langweilig. Selbst wenn es sich bei dem Zimmer um die Präsidentensuite handelte, mit Blick auf den Pazifischen Ozean und einem Präsentkorb, der so riesig war, dass er noch immer voll war, obwohl ich schon alle Schokomandeln und Erdnussbutterbrezeln herausgegessen hatte. Deshalb beschloss ich, nachdem ich mein Sandwich verdrückt und eine Stunde lang Realityshows im Fernsehen angeschaut hatte, an den Strand zu gehen und mit den Zehen das Wasser zu testen.

»Schauen Sie, Frederick!«, ertönte eine laute Stimme, als ich aus dem Aufzug in die Hotellobby trat. »Da ist dieses reizende Mädchen, von dem ich Ihnen erzählt habe – das Brot isst!«

Ich lief knallrot an, als alle in der Lobby ihre Köpfe nach der Brotesserin – sprich mir – verdrehten. Lady Gräfin Annabel Ashcroft de Winter von Taxis saß auf einer üppig gepolsterten Couch neben einem kleinen, glatzköpfigen Mann und zeigte in meine Richtung.

»Du bist Lucy, stimmt's?«, fuhr sie fort. »Lucy B. Parker?«

Ich konnte es nicht glauben. Ein Riesenstar wie Lady Gräfin Annabel Ashcroft de Winter von Taxis erinnerte sich nicht bloß an meinen Namen, sondern sie wusste sogar noch, dass mir das B. darin sehr wichtig war. Ich stellte mich ein wenig aufrechter hin. »Ja, ja, das bin ich«, sagte ich.

»Lucy B. Parker, darf ich dir meinen Butler Schrägstrich persönlichen Assistenten Schrägstrich Innenausstatter Frederick vorstellen?«, rief sie.

»Freut mich, Sie kennenzulernen«, sagte ich und streckte dem glatzköpfigen Mann die Hand entgegen.

»*Enchanté*«, sagte er und schüttelte meine Hand. Von

Beatrice wusste ich, dass das auf Französisch »sehr erfreut« hieß.

»Ich hatte ja keine Ahnung, dass du auch hier untergebracht bist!«, dröhnte sie. »Was für eine wundervolle kleine Laune des Schicksals!«

»Sie wohnen auch hier?«, fragte ich verwirrt. »Ich dachte, Sie leben in einem großen Haus in Beverly Hills mit Tennisplatz und eigenem Swimmingpool.« Wenn man alleine in einem Hotelzimmer rumsaß, weil man von seiner Frester abserviert wurde, dann hatte man jede Menge Zeit zu googeln.

»Doch, schon, aber ich wohne viel lieber in Hotels. Manchmal ziehe ich von Hotel zu Hotel, je nach Lust und Laune. Ich liebe den Zimmerservice. So, Lucy B. Parker«, sagte sie und nahm mich bei der Hand; ihre Finger waren voller Ringe, an den Handgelenken klirrten Armreifen, »es ist ja eine *halbe Ewigkeit* her, dass wir uns gesehen haben – du musst mir erzählen, wie es dir seither ergangen ist. Ich kann es gar nicht erwarten, alle Neuigkeiten zu erfahren.« Unser Treffen lag gerade mal zehn Stunden zurück. An gewöhnlichen Tagen hatte ich, wenn mir jemand diese Frage stellte, nicht viel zu berichten (ich hatte einen Mathetest; ich habe nach der Schule einen Papaya-Shake getrunken), aber heute war kein gewöhnlicher Tag.

»Warum bist du denn nicht mit deiner netten Schwester aus? Übrigens, du hattest recht, sie ist wirklich fabelhaft. Sie hat sich nicht im Geringsten beklagt, als ich darauf bestand, dass meine Nahaufnahme sieben Mal wiederholt wurde!«

Tja, vielleicht war sie mal fabelhaft gewesen. Aber jetzt war sie es nicht mehr. »Hm … das ist eine lange Geschichte«, seufzte ich.

»Ach, ich *liiiebe* lange Geschichten, nicht wahr, Frederick?«

»Ja, Sie lieben lange Geschichten, Gräfin Ashcroft de Winter von Taxis«, pflichtete er ihr bei.

»Frederick und ich wollten rüber zum Santa Monica Pier spazieren und ein bisschen Skee Ball spielen«, sagte sie. »Falls du noch nichts vorhast, hast du ja vielleicht Lust, uns zu begleiten. Auf dem Weg dorthin haben wir mehr als genug Zeit für eine lange Geschichte.«

»Sie mögen Skee Ball?«, fragte ich erstaunt. Neben Bowling war das mein Lieblingssport.

»Oh ja – ich habe sogar eine eigene Bahn in meinem Anwesen.« Sie stand auf und warf sich ihren indischen Schal über die Schulter ihres Kaftans. »Also dann – wir wären begeistert, wenn du uns begleitest, nicht wahr, Frederick?«

»Ja, Gräfin Ashcroft de Winter von Taxis, das wären wir«, sagte er zustimmend, obwohl er alles andere als begeistert klang.

Als wir aus dem Hotel traten, wandte ich mich an sie: »Ich würde total verstehen, wenn Sie Nein sagen …

aber Lady Gräfin Annabel Ashcroft de Winter von Taxis ist ganz schön umständlich, also wäre es auch okay, wenn ich Sie einfach Lady A nennen würde?«

Fredericks hochgezogener Augenbraue zufolge war es ganz und gar nicht okay.

»Hm. Das hat mich noch nie jemand gefragt«, sagte Lady Gräfin Annabel Ashcroft de Winter von Taxis. »Wenn man von Adel ist – auch wenn es sich bloß um Hollywoodadel handelt – dann … passiert das einfach nicht.«

Na toll. Jetzt hatte ich auch noch die einzige Person in Hollywood, die mit mir redete, beleidigt.

»Aber das gefällt mir!«, dröhnte sie. »Lady A – das ist einfach *fabelhaft*!« Sie wandte sich an Frederick. »Ist das nicht einfach fabelhaft, Frederick?«

»Ja, ganz fabelhaft, Madame«, stimmte er ihr zu, auch wenn er ganz und gar nicht überzeugt davon klang.

»Und du, Lucy B. Parker, bist auch ganz fabelhaft!«, rief sie begeistert.

Ich versuchte zu lächeln, aber es fiel mir schwer, weil ich mich in letzter Zeit so überhaupt nicht fabelhaft fühlte. Genau genommen fühlte ich mich ziemlich schrecklich. In jeder Hinsicht.

Während wir die Ocean Avenue zum Pier hinunterschlenderten und alle paar Meter stehen blieben, damit

Lady A Autogramme schreiben konnte (»Sie heißen Esme, sagen Sie? Was für ein *fabelhafter* Name! Lucy, Frederick, ist das nicht ein *fabelhafter* Name?«), erzählte ich ihr schließlich alles über Laura und wie sie sich verändert hatte, seit wir nach L. A. gekommen waren, und dass ich das Gefühl hatte, sie würde mich für Austin fallen lassen.

»Ach, was gäbe ich drum, wieder jung zu sein!«, seufzte Lady A und warf die Kugel über die Bahn. Glücklicherweise wurden die einzelnen Bahnen durch ein Netz getrennt, sonst wäre die Kugel in den Nachbarlöchern gelandet. Eigentlich galt es, den Ball zu rollen, nicht ihn zu werfen, aber offenbar hatte ihr das niemand gesagt, und ich befürchtete, es wäre unhöflich, sie darauf hinzuweisen. »Die Dramen! Die Intrigen! Das Pathos! Das ist einfach fabelhaft!« Sie wandte sich an Frederick. »Ist das nicht einfach fabelhaft, Frederick?«

»Ja. Einfach fabelhaft«, pflichtete er ihr bei. Er stand neben ihr und hielt ihre Zuckerwatte, ihr Popcorn und ihre Eistüte und klang ein bisschen weniger gelangweilt als zuvor im Hotel, aber noch immer gelangweilt. Wenn ich wieder im Hotel wäre, würde ich das Wort Pathos nachschlagen, denn ich war mir nicht sicher, was es bedeutete.

Schließlich war ich an der Reihe. Als ich die Kugel die Bahn entlangrollen ließ, versuchte ich, nicht zu viele Punkte zu machen, denn ich wollte Lady As Gefühle nicht verletzen, indem ich sie haushoch besiegte. »Sie haben nicht zufällig einen Rat für mich?«, fragte ich.

»Zu deinem Glück habe ich das sehr wohl«, sagte sie. »Weißt du, ich hatte mal genau das gleiche Problem mit *meiner* Schwester, als ich so ungefähr in deinem Alter war!«

»Echt?«, fragte ich staunend.

»Oh ja«, sagte sie und knusperte ihr Popcorn. »Als Martin de Kooning von Helson der Dritte auf den Plan trat, ließ sie mich fallen wie die Louis-Vuitton-Tasche der letzten Saison. Es war *schrecklich.*« Sie drehte sich zu Frederick um und schnappte sich ihre Eistüte. »Erinnern Sie sich noch, Frederick, dass ich Ihnen davon erzählt habe? War das nicht einfach *schrecklich*?«

Er nickte. »Das klang wirklich ganz schrecklich, Lady A.«

»Und ich war damals in diesem zarten Alter, in dem man zum ersten Mal einen Schwarm hat und seinen ersten BH und so viele andere erste Male, also fühlte ich mich ziemlich verlassen«, sagte sie.

»Genauso fühle ich mich auch!«, rief ich. Ich war so begeistert, weil mich jemand verstand, dass ich ganz vergaß, schlechter zu spielen und die Kugel direkt im Vierzig-Punkte-Loch landete. »Und was haben Sie dann gemacht?«

»Na ja, ich habe mich mit ihr zusammengesetzt und gesagt: ›Antonia, wir müssen uns unterhalten …‹«

Oh-oh. Diese Richtung gefiel mir ganz und gar nicht. Ich wollte mich nicht hinsetzen und mit Laura reden. Meiner Ansicht nach waren wir über den Punkt hinaus, an dem sich diese Situation noch durch ein Gespräch klären ließ. »Und dann?«, fragte ich argwöhnisch.

»Und dann machte ich etwas, was sich für eine Engländerin eigentlich nicht schickt. Ich schrie sie an und sagte ihr, wie wütend und verletzt ich sei und dass sie in meinen Augen die wohl schlechteste Schwester der Welt sei.«

»Und was passierte dann?«, fragte ich gebannt.

»Na ja, sie fing an zu weinen, und dann sagte sie, dass es ihr leidtue, und damit war die Sache geklärt.«

»Das war alles? Einfach so und das war's?«

Sie nickte.

»Oh, ich weiß nicht, ob ich das könnte«, meinte ich.

»Warum denn nicht, Schätzchen?«, fragte sie und nahm mir die Kugel aus der Hand. Frederick und ich zuckten zusammen, als sie sie mit ausholender Bewegung auf die Bahn pfefferte. Lady A mochte vielleicht ein Regal voller Oscars haben, aber beim Skee Ball würde sie keinen Blumentopf gewinnen.

»Na ja, ich glaube, wir haben den Punkt überschritten, an dem sich noch alles bereden lässt.«

»Aber sofern du nicht zweifelsfrei weißt, dass Laura Gedanken lesen kann wie mein fabelhafter Hellseher Kantu in Südfrankreich, kannst du nie sicher sein, ob dem so ist«, warf Lady A ein.

»Ja, schon, aber … ich streite mich nicht so gern«, gab ich zu. »Ich meine, mit meinen Eltern, okay, aber mit Freunden … ich weiß nicht. Ich schätze, ich habe Angst, dass sie sich, wenn wir uns streiten, von mir abwenden.«

Lady A lachte. »Ach, Schätzchen, mit jemandem zu streiten ist doch ganz fabelhaft! Das heißt, dass dir diese Person wirklich am Herzen liegt!«

»Echt?«

Sie nickte. »Natürlich. Wenn sie dir nicht wichtig wäre, warum würdest du dir dann die Mühe machen, mit ihr zu streiten?«

Ich dachte darüber nach. »Hm, kann sein.« Ich dachte an den Riesenstreit, den ich mit Mom gehabt hatte, als sie mir eröffnete, dass wir nach New York ziehen müssten, wenn sie Alan heiratet, und dass ich danach tagelang nur noch über Miss Piggy mit ihr kommuniziert hatte.

»Denk daran: Kommunikation ist der Schlüssel zu glücklichen, gesunden Beziehungen; und glückliche, gesunde Beziehungen sind der Schlüssel zu einem glücklichen, gesunden Herzen«, erklärte Lady A.

Ich staunte nicht schlecht. Dieser Satz war Dr.

Maudes Markenzeichen – damit beschloss sie immer ihre Sendung. »Sie sind ein Dr.-Maude-Fan!«

»Oh ja, Frederick und ich verpassen keine Folge ihrer Sendung, nicht wahr, Frederick?«, erwiderte sie und griff nach dem Liebesapfel, den er in der Hand hielt.

»Ja, Lady A, so ist es«, erwiderte er.

Gerade als ich ihr erzählen wollte, dass Dr. Maude und ich Nachbarn waren, wurden wir von einer Männerstimme unterbrochen. »Hey, ist das nicht Lady Gräfin Annabel Ashcroft de Winter von Taxis?« Wir drehten uns alle drei um und sahen Connor Forrester, Austins Würmer essenden BFF, auf uns zukommen. Genau wie Austin war er in der Realität noch hübscher als auf der Leinwand. Das heißt, wenn man auf Jungs mit dunklen Haaren, Grübchen und langen Wimpern steht. Aber das war bei mir ja nicht der Fall. Oder vielleicht doch? Da ich noch nicht so lange über Jungs und Verknalltsein nachdachte, hatte ich keine Ahnung, worauf ich stand. »Wow – das ist sie!«, rief er.

Mir lief ein komisches, kribbeliges Gefühl den Rücken hinunter, als ich seine Stimme hörte. Ich fragte mich, ob ich Meningitis bekam, eine ziemlich seltsame Krankheit, über die ich neulich einen Bericht im Fernsehen gesehen hatte. Ich wusste nicht genau, was es war, aber es konnte das Rückenmark befallen, also dachte ich, dieses Kribbeln könnte ein Symptom sein. Doch dann wurde mir klar, dass dieses komische Kribbeln vielleicht auch ein Anzeichen dafür sein konnte, dass man … verknallt war. Aber ich war nicht in Connor Forrester verknallt. Ich schwärmte für Blair. Außerdem war Connor ein Superstar. (Okay, ich brauchte auch noch einen Promi-Schwarm, aber das müsste schon jemand sein, der … ich weiß auch nicht, weniger gut aussah. *Und* jemand, der keine Würmer aß.)

»Ich nenne mich jetzt Lady A«, sagte sie.

»Oh, cool. Ihr Name ist nämlich echt ganz schön lang«, meinte Connor. »In *Anleitung zur Hexerei*, Teil vier, waren Sie wirklich super.« Er streckte ihr die Hand hin. »Ich bin übrigens Connor«, sagte er. Noch so ein Promi, der sich extra vorstellte! Er zeigte auf meine Riesenbrezel. »Hey, darf ich ein Stück abhaben?«, fragte er und wartete noch nicht mal eine Antwort ab, bevor er sich bediente. »Ich bin am Verhungern.«

Für wen hielt sich dieser Kerl? Okay, er war ein großer Filmstar, und ja, jedes Mädchen, das ich kannte, schwärmte für ihn. Aber das hieß doch nicht, dass er sich einfach in die Unterhaltung anderer einmischen und ihnen ihr Essen klauen konnte. Und warum verschwand dieses Kribbeln nicht? Und warum fühlte sich mein Gesicht plötzlich ganz rot und heiß an?

»Hey!«, rief ich empört. »Das ist meine Brezel! Ich esse noch.«

»Wow. Ich weiß nicht, ob ich in L. A. auch nur ein Mädchen kenne, das tatsächlich Brot isst«, meinte er.

»Genau das habe ich auch gesagt!«, rief Lady A dröhnend.

»Tja, ich bin auch nicht aus L. A.«, sagte ich. »Ich bin aus New York. Und dort essen wir sehr wohl Brot.« Ich wollte noch hinzufügen: »Wenigstens essen wir keine Würmer«, aber das verkniff ich mir.

Er nickte. »Ja, das sehe ich.«

Meine Augen wurden schmal.

»Hey, ich meinte das als Kompliment. Ich schwöre.« Er kniff die Augen zusammen. »Warte mal – ich kenn dich doch! Du bist doch die, die in *Lauras Lektionen fürs Leben* die kleine Schwester spielt.«

»Was? Nein, die bin ich nicht!«, rief ich. »Ich bin Lucy B. Parker!« Warum fingen jetzt auch noch meine Handflächen an zu schwitzen?

»Ich finde, dafür hättest du wirklich einen Emmy verdient«, fuhr er ungerührt fort. »Ich selbst habe ja noch nie einen geistig Behinderten gespielt wie du in der Rolle, aber ich hatte mal einen Gastauftritt in einer Sonderfolge von *Malibu 90265*, da habe ich einen Footballspieler mit Legasthenie gespielt, und das war wahrscheinlich die bereicherndste Schauspielerfahrung, die ich je gemacht habe.«

Okay, ich wusste, dass er auch das als Kompliment meinte, aber trotzdem fühlte es sich *nicht* so an, wenn jemand denkt, man hätte ein Mädchen mit Behinderung gespielt. Genau genommen fühlte es sich eher wie eine Beleidigung an. Auch wenn ich diese Serie gesehen hatte und das Mädchen *wirklich* eine gute Schauspielerin war. Aber eigentlich war das ganz gut – denn jetzt konnte ich *auf keinen Fall* mehr in ihn verknallt sein. Wie könnte man sich auch in jemanden verknallen, der einen beleidigt hat? (Außer natürlich man war Alice. Max Rummel beleidigte sie ständig.) »Ich bin keine Schauspielerin«, sagte ich. »Ich wohne bloß mit einer zusammen.« Ich wartete darauf, dass ich wieder anfing, viel zu viele Informationen preiszugeben, aber das passierte nicht. Puh. Kein Informationsüberfluss bedeutete, dass ich *definitiv* nicht für ihn schwärmte.

»Mit wem denn?«

»Laura Moses.«

»Echt jetzt?! Mein bester Freund Austin ist gerade mit ihr beim Abendessen!«, rief er aufgeregt. Sein Handy vibrierte. »Tut mir leid, da muss ich drangehen – mein Agent.« Er sah mich an und grinste. »Hat mich gefreut, euch alle kennenzulernen«, sagte er. »Ciao, Lucy.«

Mir war zwar klar, dass jemand, in den man sich verknallte, ein so umwerfendes Lächeln haben sollte wie Connor, aber ganz gleich wie toll sein Lächeln war, ich war definitiv nicht in ihn verknallt. Denn wenn dem so gewesen wäre, dann hätte ich keinen Ton mehr herausbekommen wie Laura in Gegenwart von Austin, und offensichtlich war mir das nicht passiert.

»Tschüssi!«, zwitscherte Lady A.

Ich machte den Mund auf, um auch Tschüs zu sagen, aber ich bekam nichts heraus außer einem erstickten Laut. So wie Laura, als sie Austin getroffen hatte. Oder wie Miss Piggy, wenn sie drauf und dran war, einen Haarklumpen auszuhusten.

Oh-oh. Das war gar nicht gut.

Zehntes KAPITEL

Liebe Dr. Maude,

ich hatte so gehofft, eine E-Mail von Ihnen vorzufinden, als ich heute Morgen aufwachte, aber ich hatte kein Glück. Um ehrlich zu sein, bin ich sogar um ein Uhr nachts aufgestanden, um nachzusehen, weil ich zufälligerweise sowieso wach war wegen dieser ganzen Connor-Forrester-Sache.

Also, was passiert ist, ist Folgendes: Ich war heute beim Skee-Ball-Spielen mit meiner neuen Freundin Lady Gräfin Annabel Ashcroft de Winter von Taxis (Lady A für ihre engen Freunde wie meine Wenigkeit), und da tauchte plötzlich Connor Forrester auf. Sie wissen doch, wer das ist, oder? Der junge Schauspieler, der in diesen ganzen Affenfilmen mitspielt und der einmal vor der Kamera einen lebenden Wurm gegessen hat? Egal, ich mache mir ein bisschen Sorgen, dass

die ganzen komischen Dinge, die passiert sind, als ich mit ihm geredet habe – wie das Kribbeln in meinem Rücken und die Tatsache, dass ich plötzlich nichts mehr rausbekam –, darauf hinweisen könnten, dass ich in ihn verknallt bin. Aber das ist doch nicht möglich, oder? Ich meine, er ist Connor Forrester, ein berühmter Star, und ich bin bloß der »Normalo« Lucy B. Parker. Ja, jeder sollte zwar auch einen Promi-Schwarm haben (übrigens, haben Sie auch einen? Ich kann Geheimnisse für mich behalten, also wenn Sie es mir sagen, müssen Sie sich keine Sorgen machen, dass ich mich verplappere), aber ich glaube, ich brauche einen, der nicht so gut aussieht. Oder so berühmt ist.
Ich muss jetzt los ans Set. Alles Weitere später.

MfG
Lucy B. Parker

PS: Gibt es zufällig doch noch Karten für Ihre Show?

PPS: Übrigens, zwischen Laura und mir ist wieder alles so weit okay, also wenn Sie mir antworten, können Sie sich auf den Rat konzentrieren, was man tun kann, wenn man möglicherweise in jemanden verknallt ist, in den man nicht verknallt sein will.

Glücklicherweise lief es zwischen Laura und mir wirklich wieder besser. Aber bevor es wieder besser lief, war alles kurzfristig noch ein bisschen schlimmer geworden.

Nachdem Lady A, Frederick und ich wieder ins Hotel gekommen waren und uns Gute Nacht gesagt hatten, ging ich hoch in die Suite und holte mein Notizbuch heraus, um eine Liste der Gründe zu erstellen, warum ich AUF KEINEN FALL in Connor Forrester verknallt sein konnte (1. Beatrice hat ihn schon zu ihrem Promi-Schwarm erkoren. 2. Er sieht viel zu gut aus. 3. Er ist viel zu berühmt. 4. Er sieht viel zu gut aus). Dann kam Laura vom Abendessen zurück.

»Wie war's?«, fragte ich sie, als sie gegen den Couchtisch lief, weil sie auf das Display ihres Handys glotzte.

»Au!« Mit einem dümmlichen Grinsen blickte sie auf. »'tschuldige – hast du was gesagt?«

»Ja. Ich habe gefragt, wie das Abendessen war.« Ich war so mit meiner möglichen Schwärmerei beschäftigt, dass ich beinahe vergessen hätte, dass ich eigentlich noch wütend auf Laura war, aber langsam fiel es mir wieder ein.

»Oh, es war einfach super. Austin ist so…« Sie schaute wieder auf ihr Handy und fing wieder an zu tippen.

»So was?«, hakte ich nach.

Wieder blickte sie mit dümmlichem Grinsen auf.

»Hä? Tut mir leid – hast du was gesagt? Austin hat mir gerade so was Witziges geschickt …«

Okay, das war's. Mir reichte es. Ich hatte mich doch auch nicht so aufgeführt, als ich für Blair schwärmte, oder? Und selbst wenn ich jetzt für Connor schwärmen würde – WAS ICH NICHT TAT, aber selbst wenn –, würde ich mich auf gar keinen Fall so aufführen wie sie jetzt. »Ja, habe ich, aber ist auch egal, denn seit wir hier sind, hörst du mir ja sowieso überhaupt nicht mehr zu!«, schrie ich sie an. »Seit wir aus dem Flugzeug gestiegen sind, erkenne ich dich überhaupt nicht wieder!«

»Wovon redest du?«, fragte sie und blickte endlich wirklich von ihrem Handy auf.

»Du bist einfach so … *Hollywood*. Jedes Mal wenn ich dich was frage, störe ich dich!«, brüllte ich. Mann, wenn man die Wut einmal zuließ, dann war es gar nicht so einfach, sich wieder einzukriegen. »Und jetzt bist du nur noch Austin hier und Austin da – was im Übrigen überhaupt nicht möglich wäre, wenn ich dich nicht unterstützt und für dich gesprochen hätte!«

»Ich …«

Ich wischte mir die aufkommenden Tränen weg. »Ich hätte dich nie für die Art von Person gehalten, die jemanden fallen lässt. Besonders nicht, wenn es sich um ihre *angeblich* beste Freundin handelt.«

Jetzt traten ihr Tränen in die Augen. »Moment – du glaubst, ich hätte dich *fallen gelassen*?«

»Ich glaube es nicht – ich weiß es!«, schnauzte ich zurück. Dann schniefte ich, denn nun liefen mir die Tränen hinunter.

»Ich würde dich nie fallen lassen!«, rief sie. Auch sie weinte jetzt. »Ich bekomme nur gerade Druck von allen Seiten – von meinem Agenten und meinem Manager –, weil ich all diese Interviews geben und für all diese ernsthafteren Filme vorsprechen soll, und dann ist da auch noch Marci und die ganze Sache mit diesem schmierigen Klatschreporter und ... ich dreh noch durch«, gestand sie.

»Wieso denn?«

»Na ja, bevor ich dich kannte, war es okay für mich, mich einfach nur auf meine Karriere zu konzentrieren, weil ich ja sowieso nichts anderes hatte, weißt du?« Sie schniefte. »Dich nicht ... und auch keinen Schwarm. Aber jetzt wo ich dich kenne, mache ich all diese eher normalen Dinge im Leben ... ich weiß auch nicht ... aber das macht mir alles echt Spaß! Und wenn du und ich zusammen rumhängen, wie bei den IKA, dann kann ich ganz normal sein. Aber all das hier ...«, sagte sie und zeigte auf die riesige Hotelsuite um uns herum, »das ist eben auch ein Teil meines Lebens, weißt du? Es ist nicht normal, aber es gehört zu mir. Und ich schätze, weil ich das alles so lange ganz alleine gemacht habe, vergesse ich immer wieder, dass ich nicht mehr alleine bin.«

Ich wusste genau, was sie meinte. Es war genau wie wenn ich mir manchmal einfach den letzten Brownie nahm und davon abbiss, ohne zu fragen, ob sie auch ein Stück abhaben wollte.

»Und die Sache mit Austin – das tut mir wirklich leid, Lucy. Du hast recht – ich hatte mich da echt ziemlich reingesteigert.«

Hatte? Wie wär's mit *habe*. Auch wenn es ihr gelang, sich ein wenig zusammenzureißen, so wie sie die ganze Zeit auf ihr Handy schielte, wenn eine Nachricht reinkam, hatte sie noch immer kaum Sinn für anderes.

»Ich fürchte, im Moment stehe ich einfach auf dem Schlauch.« Sie seufzte. »Und ich schätze, ich sehe dich einfach nie als jemanden, der … andere *braucht*.«

»Wie meinst du das?«, fragte ich verwirrt.

»Ich meine, du bist so stark … und eigenständig … und kannst dich mit egal wem unterhalten. Alle mögen dich. Ich schätze, ich dachte, auch wenn ich beschäftigt bin, findest du am Set ganz leicht Freunde.«

Schon wieder diese Leier von wegen ich sei so stark! Was dachten die bloß alle?! »Aber ich brauche sehr wohl andere!«, widersprach ich. Wieder traten mir die Tränen in die Augen. »Besonders dich. Hast du eine Ahnung, wie viele Taschentücher ich schon verbraucht habe, seit wir hier in L. A. sind, weil ich so traurig über all das hier war?«

»Oh, Lucy – es tut mir leid!«, sagte sie und weinte

jetzt noch heftiger. »Und ich brauche dich. Vermutlich viel mehr als du mich. Verzeihst du mir?«

Ich wischte mir die Tränen weg und nickte.

Sie umarmte mich ganz fest. »Ich hab dich lieb, Frester«, hörte ich sie sagen.

»Ich dich auch«, erwiderte ich. Und ich meinte es auch so.

Nachdem wir uns wieder aus unserer Umarmung gelöst hatten und Laura sich fertig fürs Zubettgehen machte, schlug ich noch einmal mein Ratschlag-Büchlein auf: *Wenn man mit einer Person ein Problem hat, sollte man sich nicht scheuen, ihr zu sagen, was man fühlt. Denn auch wenn es wie ein echt dummer Rat klingt, es funktioniert.*

Jetzt wo ich ganz offiziell wieder mit Laura redete, erzählte ich ihr alles von meiner Zufallsbegegnung mit Connor Forrester, während auch ich mich fürs Zubettgehen klarmachte. Als ich fertig erzählt hatte, kreischte sie so laut, dass man hätte meinen können, sie hätte einen Oscar gewonnen. »Ohmeingott – ich fass es nicht, dass wir für zwei beste Freunde schwärmen! Wie süß ist das denn?!«

»Moment mal – er ist *nicht* mein Schwarm«, korrigierte ich sie.

»Natürlich ist er das.«

»Wie kannst du das wissen? Ich hab vielleicht … zehn Worte mit ihm gewechselt.« Ich erinnerte mich sogar noch an so gut wie jedes einzelne Wort, wenn sie mir also etwas Zeit gab, dann könnte ich noch mal genau nachrechnen.

»Es geht doch nicht darum, was du *gesagt* hast – es geht darum, was du *gefühlt* hast«, sagte sie abwinkend. »Das Kribbeln, die schwitzigen Handflächen, das Keinen-Ton-Herausbekommen.« Sie ging an ihren Computer und tippte etwas. Dann zeigte sie auf den Bildschirm. Ganz oben stand: *Warnzeichen für mögliche Verliebtheit.*

»Schau, hier steht's.«

Ich wurde blass. Warum war diese Seite nicht aufgetaucht, als ich meine Recherche gemacht hatte, nachdem ich Blair begegnet war? Das war eine Katastrophe! »Aber ich will nicht in Connor Forrester verknallt sein!«, rief ich. »Ich will in jemanden verknallt sein, bei dem ich vielleicht sogar eine Chance habe. Wie Blair.«

»Warum glaubst du, dass du bei Connor keine Chance hättest?«, fragte Laura.

»Äh, vielleicht weil er superberühmt ist und ich nicht?«, schlug ich vor. »Jeder weiß, dass Promis nur andere Promis mögen. So wie bei dir und Austin.«

»Vielleicht bist du nicht superberühmt, aber du bist supertoll«, sagte sie. Dann fragte sie atemlos: »Meinst du, wir vier könnten ein Doppeldate haben? Das wär ja so süß! Und die Zeitschriften würden sich drum reißen!« Sie nahm ihr Handy. »Das muss ich gleich Austin erzählen«, rief sie und wollte schon lostippen.

»Laura Moses, wenn du das machst, dann rede ich nie wieder mit dir!«, schrie ich. Ich stürzte mich auf sie und riss ihr das Handy aus der Hand – gerade in dem Moment, als eine Nachricht reinkam. »*Du wirst es nicht glauben, aber Connor hat Lucy getroffen und er findet, sie sieht gar nicht schlecht aus*«, las ich laut vor.

Laura kreischte.

»Gar nicht schlecht!?«, rief ich. »Was soll das denn bitte heißen?«

Laura kreischte noch mal. »Das ist Jungs-Sprache und heißt, dass er dich auch gut findet!«

Ich fragte mich, ob »das Gefühl haben, dass man sich gleich übergeben muss« auch eines der Warnzeichen dafür war, dass man verknallt war. Für die meisten Mädchen würde wohl ein Traum wahr, wenn Connor Forrester sie »nicht schlecht« finden würde, aber für mich fühlte es sich eher an wie ein ziemlicher Albtraum.

Am nächsten Abend wandelten sich die Dinge von einem ziemlichen Albtraum in einen absoluten Albtraum.

Tagsüber lief eigentlich noch alles cool. Ich war mit Laura am Set. Aber als es Zeit für die Mittagspause wurde, fragte mich Lady A, ob ich mit ihr und Frederick zum Essen nach Beverly Hills fahren wollte, denn für heute war sie fertig.

»Also lügen die Klatsch-Blogs nicht – Sie haben wirklich ein pinkes Auto!«, rief ich, als Frederick in einem Wagen vorfuhr, bei dem es sich, wie ich bald darauf erfuhr, um einen Rolls Royce handelte.

»Schätzchen, ich hatte noch nie ein andersfarbiges Auto.« Sie wühlte in ihrer Tasche und kramte eine riesige Sonnenbrille hervor, die genauso aussah wie die, die sie schon aufhatte. »Da – die kannst du aufsetzen, damit wir auf dem Rodeo Drive nicht belagert werden.«

»Wir fahren zum Rodeo Drive?!«, fragte ich, während Frederick uns die Wagentür aufhielt, damit wir auf dem Rücksitz Platz nehmen konnten.

Laura zufolge war der Rodeo Drive die schickste Einkaufsstraße von ganz Beverly Hills, wenn nicht gar auf der ganzen Welt.

»Oh ja – das ist der einzige Ort, an dem ich einkaufe, nicht wahr, Frederick?«

»Ja, Gräfin«, sagte er und setzte sich ebenfalls eine riesige Sonnenbrille auf.

Ich ließ mich in den butterweichen Ledersitz sinken. Ich musste zugeben, sosehr ich es auch liebte, in New

York mit der U-Bahn zu fahren, an so ein Promileben konnte man sich durchaus gewöhnen.

Ich sagte es Lady A nicht, weil sie den Rodeo Drive so gerne mochte, aber, ganz ehrlich, ich verstand nicht, was so toll daran sein sollte. Es gab auf der ganzen Straße keinen einzigen *H&M* oder *Urban Outfitters* oder *Target*. Aber man sah jede Menge älterer Damen, deren Haut im Gesicht straff gespannt wirkte und die allesamt Sonnenbrillen aufhatten, die genauso riesig waren wie die von Lady A, und die winzige, kläffende Hunde mit sich herumschleppten. Nachdem Lady A ein wenig geshoppt hatte, gingen wir ins Peninsula Hotel zum Tee. Ich machte mir nicht viel aus Tee, aber ich mochte die kleinen Sandwiches und das Gebäck, das es dazu gab.

»Lady A, kann ich Sie etwas fragen?«, sagte ich und bemühte mich, vornehm an meinem Butterkeks zu knabbern, anstatt ihn mir auf einmal in den Mund zu schieben.

»Natürlich, Schätzchen«, erwiderte sie. »Du kannst mich alles fragen, außer nach meinem Alter.«

»Na ja, wissen Sie, es gibt da so einen Jungen …«, fing ich an.

»Der von gestern Abend? Der, auf den du ein Auge geworfen zu haben scheinst?«

Ich wurde rot. »Das ist es ja – ich weiß nicht, ob ich in ihn verknallt bin, weil … na ja …« Ich fühlte mich total dämlich, das jemand so Erfahrenem wie Lady A gegenüber zuzugeben. »Ich war, ehrlich gesagt, noch nie verliebt.«

»Wirklich? Kein Schwarm vor Ort und auch kein Ferienschwarm vor diesem – dem Promi-Schwarm?«, fragte sie überrascht.

Auch sie kannte die drei-Schwärme-Regel? Wie war das möglich? Sie war nicht bloß alt, sondern sie war auch noch in einem anderen Land aufgewachsen. »Nö. Aber wenn ich nun in Connor verknallt wäre – ich sage nicht, dass es so ist, aber falls –, hätten Sie dann vielleicht einen Rat für mich, wie ich mich jetzt verhalten soll?«

»Oh, aber natürlich!«, dröhnte sie. »Ich werde dir jetzt ein sehr wichtiges Geheimnis verraten, Lucy B. Parker. Ich gebe dir einen Rat, der mir über die Jahre immer sehr nützlich war, über drei Ehemänner, sieben Fast-Ehemänner und zahllose Verehrer hinweg.« Ich beeilte mich, mein Notizbüchlein und meinen lila Stift zu zücken. »Ich habe das vor vielen, vielen Jahren bei einem meiner ersten Filme gelernt«, fuhr sie fort. »Darin spielte ich eine Figur, die genau wie du schrecklich für einen Jungen schwärmte und die ganze Zeit vor Liebeskummer ganz unglücklich war.«

Oh nein – falls ich wirklich in Connor verknallt war,

würde ich dann auch die ganze Zeit *Liebeskummer* haben?

»Und das Drehbuch sah für sie etwas vor, das ich mir dann auch in meinem echten Leben zunutze machte«, fuhr sie fort. »Anstatt den Jungen wissen zu lassen, dass ich ganz verrückt nach ihm war, tat ich so, als hätte ich absolut kein Interesse an ihm.«

Ich hielt beim Notieren inne. Sicher, Lady A hatte mehr Erfahrung in Liebesdingen als ich (eigentlich hatte das jeder), aber etwas Falsches vorzugeben fühlte sich für mich nicht richtig an. »Ich weiß nicht«, sagte ich zweifelnd. Es war ja schon schwer genug für mich, zu versuchen, ich selbst zu sein, auch ohne dass ich dazu noch so tun musste, als wäre ich nicht ich selbst. Dass ich in Connors Gegenwart sowieso kaum einen Ton herausbekam, wäre sicher ganz praktisch für diese Strategie, aber die Vorstellung, dass ich mich komplett verstellen müsste, klang ganz schön anstrengend. »Pete – der Portier in meinem Haus in New York – sagt immer, dass man einfach nur man selbst sein sollte, egal ob mit den Leuten in der Schule oder mit Jungs.«

»Man selbst sein?«, fragte sie. »Hm. Ich frage mich, wie das wohl wäre. Ich sollte es irgendwann einmal ausprobieren. Ich bin schon so lange Schauspielerin, dass ich vollkommen vergessen habe, wie es ist, man selbst zu sein!«

Ich hingegen hatte eher das Gefühl, dass ich, selbst

wenn ich versuchen würde, jemand anderes zu sein, wohl trotzdem für immer einfach Lucy B. Parker bleiben würde.

Als Lady A und Frederick mich wieder im Hotel absetzten (die Gräfin hatte beschlossen, diese Nacht im Hotel *Bel-Air* zu verbringen), erwartete mich Laura bereits in der Suite.

»Rate mal, was wir heute Abend machen«, sagte sie, als ich reinkam.

»Eine *Haunted-Hollywood*-Tour?«, fragte ich aufgeregt. Ich hatte im Flugzeug davon gelesen und es klang echt cool. Sie nahmen einen mit zu Orten, an denen berühmte Menschen gestorben waren, oder zu Hotels, in denen es spuken soll.

»Nein. Wir gehen auf eine Grillparty in Malibu. Am Strand.«

»Bei Howard?«, fragte ich. Howard war Lauras Agent. Ich hatte ihn noch nicht persönlich kennengelernt, aber einmal hatte ich zufällig aufgeschnappt, wie Alan sagte, dass vor Howards Haus in Malibu eigentlich ein Schild mit der Aufschrift DAS HAUS, DAS Laura MOSES GEBAUT HAT stehen sollte, weil es mit all dem Geld bezahlt worden war, das er durch Lauras Karriere verdient hatte. Howard nannte sie immer »Laura, Liebes«. Jetzt da ich schon ein paar

Tage in L. A. war, wurde mir klar, dass das ganz typisch für Hollywood war.

»Nein. In dem Haus, das sich Austin und Connor diesen Sommer gemietet haben«, erwiderte Laura.

Mir wurde wieder ganz schlecht. Ich schüttelte den Kopf. »Oh-oh. Niemals. Ich will nicht auf irgend so 'ne Riesenparty. Aber du kannst ja hingehen. Ich bleib lieber hier und sehe fern.«

»Das wird keine Riesenparty – es sind bloß wir vier da«, sagte sie.

Das war ja noch schlimmer! Das bedeutete, dass ich auf jeden Fall mit ihm reden musste. Wenn es wenigstens eine richtige Party gewesen wäre, hätte ich mich auf dem Klo verkriechen oder mich im Pool ertränken können.

»Jetzt los, zieh dir deinen Badeanzug an.«

»Warum entscheidest eigentlich du hier, was wir tun?«, brummelte ich.

»Weil ich die Ältere bin – darum!«, sagte sie bestimmt.

Ich seufzte. Frestern. Ich *wusste*, dass sie das irgendwann bringen würde.

Elftes KAPITEL

Liebe Dr. Maude,

Sie glauben nicht, wo ich gerade bin – in einem Auto auf dem Weg zu einem Grillabend in Austin Mackenzies und Connor Forresters Strandhaus in Malibu. Wo ich übrigens überhaupt nicht hinwill, aber Laura hat mich dazu gezwungen, weil sie die Ältere ist und das Sagen hat. Aber das ist noch nicht alles, ich habe auch noch einen ihrer Bikinis an, weil ich meine beiden Badeanzüge aus Versehen zu Hause vergessen habe. Sie meint, er steht mir richtig gut, aber ich finde, ich sehe schrecklich aus, weil sie obenrum viel schmaler ist als ich. Glücklicherweise trage ich noch einen Pulli und Jeans darüber, und Sie können sich sicher sein, dass ich die AUF KEINEN FALL ausziehe, auch wenn wir dreißig Grad haben und ich jetzt schon schwitze. Also, wenn es Ihnen irgendwie möglich ist, mir zu ant-

worten und mir einen Rat zu geben, wie ich mich Connor gegenüber verhalten soll, dann wäre ich Ihnen wirklich dankbar. Lady A sagt, dass ich so tun soll, als würde ich ihn NICHT mögen, und dass er mich dann noch interessanter findet. Aber Pete, unser Portier, sagt immer, ich soll ich selbst sein. Ich brauche wohl nicht extra zu erwähnen, dass ich etwas verwirrt bin. Besonders weil ich es noch immer schwer glauben kann, dass ich vielleicht in jemanden verknallt bin, der so berühmt ist und so gut aussieht wie Connor. Er ist einfach überhaupt nicht die Art von Junge, in den ich mich verknallen würde, wissen Sie, was ich meine?
Oh, und noch eine letzte Sache. Ich habe mal darüber nachgedacht und mir ist aufgefallen, dass ich in all meinen Briefen immer bloß über mich rede und Sie nie frage, wie es Ihnen geht. Vielleicht ist das ja der Grund, warum Sie nie zurückschreiben. Also, wie geht es Ihnen so? Haben Sie schon Urlaubspläne für diesen Sommer? Sie brauchen nicht darauf zu antworten, wenn Sie nicht wollen, aber ich habe mich gefragt, ob Sie wohl einen Freund haben.
Ich freue mich, von Ihnen zu hören.

MfG
Lucy B. Parker

»Du hast doch gesagt, es werden bloß wir vier sein«, sagte ich zähneknirschend, als wir vor der Tür des großen Strandhauses aus Holz und Glas standen. Als sich dann auch noch eine Schar fast ausschließlich blonder Itsy-Bitsy-Teenie-Weenie-Bikinimädchen an uns vorbei nach drinnen drängten, machte ich einen Buckel und verschränkte die Arme vor meiner Brust. Selbst mit dem Pulli fühlte ich mich elend.

»Das habe ich auch gedacht«, sagte sie nervös. »Mein Dad bringt mich um, wenn er rausfindet, dass ich dich auf eine große Hollywoodparty geschleppt habe.«

Meine Mutter wäre wohl auch nicht gerade begeistert darüber. Ich war ebenfalls ziemlich nervös. Immerhin war ich bisher nicht einmal auf einer gemischten Nicht-Hollywoodparty gewesen. Als wir uns endlich unseren Weg durch die Menge gebahnt hatten, war das Erste, was ich sah, Connor auf der Couch, der auf einer Gitarre herumklimperte, während eine andere Schar Mädchen (ebenfalls in Bikinis und vorwiegend blond) dummes Zeug sagten wie »Oh Connor, du bist ja so talentiert – du solltest unbedingt ein Album aufnehmen!« oder »Oh Connor – gibt es eigentlich irgendwas, worin du nicht gut bist?!«

»Hey, wen haben wir denn da!«, rief er. »Laura Moses und …«

»Lucy B. Parker«, sagte ich.

Er lächelte. »Ja, ich erinnere mich an deinen Namen.«

Connor Forrester erinnerte sich an meinen Namen. Wie war das möglich? Er wandte sich an die Mädchen, die ihn umringten. »Sie isst Brot! Ist das nicht irre?«

Beim Erwähnen des Wortes »Brot« ging ein Raunen durch die Schar von Mädchen.

»Können wir jetzt wieder gehen?«, flüsterte ich Laura zu. Bevor sie mir antworten konnte – ich hoffte natürlich auf ein »Natürlich, Lucy, denn als deine große Frester kann ich verstehen, wie unwohl du dich im Moment fühlen musst. Also lass uns zurück ins Hotel fahren, Pizza bestellen und uns vor dem Fernseher damit vollstopfen« –, kam Austin von der Terrasse hereinspaziert. Ich beobachtete, wie sich ihre Blicke quer durch den überfüllten Raum trafen, wie in einer Szene der kitschigen *Telenovelas*, die ich immer mit unserer Haushälterin Rose anschaute. »Hey Laura«, sagte er versonnen, als er vor uns stand.

»Hi Austin«, erwiderte sie mit so großen Augen, dass man das Blaue kaum noch sah, weil ihre Pupillen sich so geweitet hatten. Als ich vorhin online war, habe ich gesehen, dass die beiden auf den Klatschblogs bereits »Laustin« genannt wurden.

»Hey Lucy«, sagte er, ohne sich die Mühe zu machen, die Augen von Laura abzuwenden.

»Hi«, antwortete ich mürrisch.

»Entschuldigt bitte die Leute«, meinte er. »Ihr wisst ja, wie das ist – man erzählt einer Person, dass man ein kleines Grillfest macht, und schon weiß die halbe Stadt davon.«

Ehrlich gesagt hatte ich keine Ahnung, wie das ist, wenn man berücksichtigte, dass ich bloß eine ganz normale Zwölfeinhalbjährige war und er ein vierzehnjähriger Riesensuperstar. »Aber es sind schon Erwachsene hier, oder?«, brabbelte Laura los. »Deine Mom vielleicht? Mein Dad und ihre Mom würden mich nämlich umbringen, wenn sie erfahren würden, dass ich sie auf eine Party geschleppt habe, auf der keine Erwachsenen anwesend waren.«

»Jep – meine Mutter ist in ihrem Zimmer und schaut einen Film. Wollt ihr sie kennenlernen?«, erkundigte er sich.

»Deine Mutter kennenlernen? Jetzt?!«, fragte sie nervös. »Äh, später vielleicht.«

Er zuckte mit den Schultern und lächelte sie an. »Hey, willst du dir mal den Strand ansehen?«, fragte er.

Sie wandte sich an mich. »Kommst du mal fünf Minuten ohne mich klar?«

Ich zuckte mit den Schultern. »Schätze schon.« Solange ich das Bad fand, würde es schon gehen. Oder irgendwo ein paar Kekse als Nervennahrung auftrieb.

Sie nahm mich zur Seite. »Versuch, dich nicht mit viel Älteren zu unterhalten, okay?«, ermahnte sie mich.

Ich verdrehte die Augen. »Jaahaa.« Meine Güte, sie

würde als Erwachsene mal eine echt nervige Mutter abgeben.

Nachdem sie davongeschlendert waren, sah ich mich auf der Suche nach etwas Essbarem um. Connor klimperte noch immer auf seiner Gitarre herum und sagte: »Also, wie geht's dir so, Lucy B. Parker?«

Ich machte den Mund auf, aber es kam nichts heraus. Oh nein. Nicht schon wieder der Knoten in der Zunge. Ich räusperte mich. »Ich … äh … ich …«, fing ich an. Dann flitzte ich in Richtung Küche davon.

Als ich an der Eingangstür vorbeikam, ging sie gerade auf und eine weitere Gruppe Leute drängte herein – kein Einziger von ihnen hatte einen Pulli an. Mir wurde klar, dass das ein langer Abend werden würde. Ich fühlte mich wie Alice im Wunderland, nachdem sie in den Kaninchenbau gefallen war und aus dem Fläschchen mit der Aufschrift »Trinke mich« gekostet hatte. Ich fühlte mich nicht bloß winzig, sondern mein Trank schien mich auch noch unsichtbar gemacht zu haben. Da war ich also auf meiner ersten gemischten Party überhaupt, und die Hälfte der Leute war superberühmt aus Film und Fernsehen. Doch anstatt begeistert darüber zu sein oder über die Tatsache, dass ich mich im gleichen Haus befand mit dem Jungen, in den ich vielleicht oder vielleicht auch nicht verknallt war, war das Einzige, was ich denken konnte, dass ich jetzt viel lieber in Northampton wäre und mit meinem Dad Monopoly spielen oder auf der Couch in der Eingangshalle meines Wohnhauses in New York rumhängen und Pete zuhören würde, wie er davon palaverte, was er alles tun würde, wenn er Präsident wäre.

Glücklicherweise war die Küche, weil sie sich in einem Haus befand, in dem zwei Jungs wohnten, voll mit allen möglichen für L. A. sehr untypischen Knabbereien auf Brot- und Zuckerbasis, die mir halfen, mich ein bisschen besser und weniger allein zu fühlen. Genauso wie die SMS, die ich von Laura bekam: *Alles okay?*

Bis ein Bikini-Trio hereintrippelte.

»Ohmeingott – sind das *Oreo*-Kekse?«, fragte eines der Mädchen.

Ich konnte nicht antworten, weil mein Mund voll davon war, also nickte ich bloß.

»Ich wusste gar nicht, dass die noch hergestellt werden!«, rief ein anderes der Mädchen.

Ich hielt ihnen die Packung hin. »Wollt ihr auch?«, fragte ich, nachdem ich hinuntergeschluckt hatte. Essen war gut, um Freunde zu gewinnen.

Doch sie schüttelten alle einträchtig den Kopf. »Du bist nicht von hier, oder?«, fragte die dritte.

»Nö. Ich bin aus New York«, sagte ich stolz. Doch ihren Blicken zufolge hätte man denken können, ich käme vom Mars statt aus New York. Oh-oh, ich spürte, dass ich gleich wieder zu viele Informationen rauslassen würde. »Genau genommen bin ich nicht ursprünglich von da … ich stamme aus Northampton, Massachusetts … aber Pete – das ist unser Portier – meint, dass ich, obwohl ich erst seit ein paar Wochen in New York lebe, die Persönlichkeit einer gebürtigen New Yorkerin habe. Aber woher wusstet ihr, dass ich nicht von hier bin?«, wollte ich wissen.

»Weil niemand in L. A. *Oreo*-Kekse isst«, erklärte die Erste. »Wir essen bloß *Pinkberry Frozen Yogurt.*«

»Stimmt«, sagte ich. »Keine Kekse, kein Brot, kein Zufußgehen …«

Ich schaute wieder in verwirrte Gesichter. »Hä?«, sagte die Zweite.

»Was machst du überhaupt auf dieser Party?«, fragte die Erste. »Du bist … na ja, noch echt jung.«

Ja, das stimmte, und ja, das merkte ich selbst nur allzu gut, aber es war echt total unhöflich von ihr, mir das zu sagen! »Ich bin nicht echt jung«, verteidigte ich mich. »Ich bin zwölfeinhalb.«

»Ja, aber was machst du hier?«, fragte die Zweite.

Ich seufzte. Diese Mädels würden noch mit einem richtig schlechten Karma enden, wenn sie sich weiterhin so benahmen. Mir gefiel nicht, was ich jetzt vorhatte, aber mir blieb keine Wahl. »Ich bin hier, weil Laura Moses meine Frester ist«, erklärte ich also. Fast hätte ich hinzugefügt: »Und weil Connor Forrester mich eingeladen hat«, aber glücklicherweise verkniff ich mir das. Denn obwohl es mir niemand hätte verübeln können, weil es einen ganz schön nervös machen konnte, von einem Haufen älterer Bikinimädchen verhört zu werden, hatte ich das Gefühl, dass es gar nicht gut wäre, so etwas zu sagen.

Plötzlich bekamen sie ganz große Augen. Sie sahen aus wie Puppen.

Ich bekam noch eine SMS: *Wieso antwortest du nicht? Alles okay? Soll ich dich holen kommen???* Ich schnappte mir die ganze Packung *Oreos* als Wegzehrung. Jetzt, da ich wusste, dass sie sowieso niemand in ganz Kalifornien essen würde, hatte ich auch kein schlechtes Gewissen dabei. »Und wenn ihr mich jetzt entschuldigen würdet, ich muss Laura suchen.«

Als ich wieder ins Wohnzimmer kam, schien sich die Menge der Gäste verdoppelt zu haben, was es ziemlich schwer machte, bis zur Terrassentür zu gelangen, die zum Strand hinaus führte. Laura und Austin oder Connor waren nirgends zu sehen. Also beschloss ich, anstatt mich durch all die fremden Menschen zu drängen, einfach das Badezimmer zu suchen und mich dort einzuschließen. Es war wie ein Déjà-vu meiner ersten Mittagspausen an der neuen Schule in New York – besonders weil ich heulen musste. Leider gab es, da es sich um ein Jungs-Bad handelte, keine guten Taschentücher und auch kaum noch Klopapier. Also wischte ich mir die Tränen mit dem Pulliärmel ab. Aber wenn man weinend in einem Bad rumsitzt, wird einem ganz schön warm, also zog ich den Pulli schließlich aus.

Ich betrachtete mich im Spiegel und plötzlich hatte ich Petes Stimme im Ohr. *Das Einzige, was du tun musst, ist einfach du selbst zu sein. Wenn du das machst, kannst du gar nicht falschliegen.* »Okay, Lucy«, sagte ich laut zu mir. »Du gehst jetzt da raus und dann stellst du dich einfach vor jemanden hin und sagst: ›Hi, ich bin Lucy B. Parker und wie heißt du? Warum erzählst du mir nicht etwas von dir?‹« Eines der Dinge, die mir in L. A. aufgefallen waren, war, dass die Leute hier es liebten, über sich selbst zu reden – mehr noch als in New York –, also könnte ich, auch wenn ich dadurch keine neuen Freundschaften schließen würde, mir damit wenigstens die Zeit vertreiben, während ich auf Laura wartete, bis wir endlich von hier verschwinden konnten. »Und dann wirst du …«

Ich war ratlos. *Was* würde ich?

Bevor ich mir etwas einfallen lassen konnte, hörte ich plötzlich ein dumpfes Geräusch aus Richtung Badewanne, gefolgt von einem lauten Krachen und einem Stöhnen.

»Uff.«

Ich riss den Duschvorhang zur Seite und sah Connor Forrester mit zusammengekniffenen Augen in der Wanne liegen und sich den Kopf halten.

»Aaah!«, kreischte ich.

»Mann, ist das Fenster *klein*«, sagte er. »Wie soll man da durchklettern, ohne sich umzubringen?« Er machte die Augen auf. »Oh, hey – du bist's.« Er wurde rot und lachte nervös. »Mann, das ist mir jetzt echt peinlich.«

Connor Forrester war etwas peinlich? Wer hätte das gedacht?

»Hey, ich habe mich gefragt – aus irgendeinem Grund habe ich gestern beim Fotoshooting für das *Seventeen*-Magazin darüber nachdenken müssen –, glaubst du, dass einem etwas so peinlich sein kann, dass es einen umbringt? Ich meine jetzt nicht im übertragenen Sinne, sondern *wirklich*.«

Wie viele Stunden hatte ich schon damit verbracht, mir exakt diese Frage zu stellen? Das kribbelige Gefühl in meinem Rücken kehrte zurück, und als ich nach unten schaute, merkte ich, dass ich wohl bald am eigenen Leib erfahren würde, ob etwas wirklich zum Sterben peinlich sein konnte. Denn in der ganzen Aufregung darüber, dass da jemand in das Bad eingebrochen war, in dem ich mich versteckte, hatte ich komplett vergessen, dass ich meinen Pulli ausgezogen hatte und nun in einem winzigen Bikinioberteil dastand. Mein Körper mochte zwar blass sein, aber mein Gesicht war alles andere als das. Genau genommen war es, wenn es auch nur ansatzweise meine Gefühle widerspiegelte, sicher tomatenrot. Ich langte hastig nach meinem Pulli und wünschte mir, ich könnte mich irgendwo verstecken. Sobald ich aus diesem Badezimmer raus wäre, würde ich mich im Meer ertränken müssen.

»Und warum kletterst du durch Fenster?«, fragte ich und wischte mir die schwitzenden Handflächen an der Jeans ab. Ein Gedanke schoss mir durch den Kopf – was, wenn ich gerade beim Pinkeln gewesen wäre, als er hereinkletterte?!

»Oh – wegen der Mädels«, sagte er seufzend. »Da kam eine ganze Horde auf mich zu, und das war die einzige Möglichkeit, ihnen zu entkommen. Die Idee habe ich aus dem Film *Total Banane*, den Austin und ich mit diesem Schimpansen gedreht haben.« Er schüttelte sich. »Mann, war der nervig. Jedes Mal, wenn es eine Totale von jemand anderem als ihm geben sollte, drehte er total durch.«

»Austin?«, fragte ich.

Er rieb sich den Kopf. »Nein – dieser Schimpanse.«

Sogar mit dem Pulli verschränkte ich lieber die Arme vor der Brust. »Hör zu, ich weiß, das ist dein Haus, also kannst du hier machen, was du willst«, sagte ich. »Aber es ist schon ziemlich unhöflich, einfach so durchs Fenster einzusteigen, ohne anzuklopfen oder irgendwas. Normalerweise gehen Leute aufs Klo, um *Privatsphäre* zu haben.« Damit sie sich ausheulen können. Oder um sich vor Bikinimädchen zu verstecken. Oder vor Jungs, in die sie vielleicht, vielleicht aber auch nicht verknallt sind. Schon wieder bekam ich eine SMS. *Lucy, wo bist du??? Ich flipp gleich aus!* Ich seufzte. Sie würde noch durchdrehen, wenn ich nicht endlich antwortete. *Alles okay. Bin bloß auf der Toilette*, tippte ich. Nichts war okay, aber das Letzte, was ich jetzt gebrauchen konnte, war, dass Laura ankam und die ganze Sache noch peinlicher machte.

»Ich weiß«, sagte er. »Tut mir leid. Hey, wenn du hier fertig bist, hast du vielleicht Lust auf einen Spaziergang am Strand oder so? Der Sonnenuntergang hier ist echt irre.«

Connor Forrester hatte mich gerade gefragt, ob ich mit ihm an den Strand gehen wollte. Bei Sonnenuntergang. Das klang nach etwas, das man einen Menschen fragte, den man jetzt irgendwie nicht gerade total hasste. Wenn ich einwilligte, war das eine gute Gelegenheit, herauszufinden, ob ich wirklich in ihn verknallt war oder nicht. Aber es bestand natürlich auch die Chance, dass ich mich zum Affen machte, auf alle möglichen Arten, die jetzt noch jenseits meiner Vorstellungskraft lagen, und diese Reise war schon ereignisreich genug, ohne dass ich auch *damit* noch klarkommen musste. »Danke, aber ich kann nicht«, sagte ich nervös. »Ich … äh … ich darf bei Sonnenuntergang nicht draußen sein.«

»Wieso denn das?«

»Ich habe so eine seltene Hautkrankheit«, antwortete ich.

»Echt?« Er kniff die Augen zusammen. »Du bist ziemlich blass, aber sonst siehst du okay aus.«

»Das liegt daran, dass sie bloß ausgelöst wird, wenn ich bei Sonnenuntergang draußen bin.« Langsam wurde ich richtig gut darin, mir spontan glaubwürdige Lügen auszudenken.

»Okay …« Er zuckte mit den Schultern und machte die Tür auf, um zu gehen. »Ich schätze, man sieht sich.«

»Ja, man sieht sich«, erwiderte ich und sah ihm nach, als er durch die Tür ging.

Ich war vermutlich das einzige Mädchen in ganz Amerika, das sich lieber auf der Toilette einschloss, anstatt mit Connor Forrester einen Spaziergang am Strand zu machen.

War die Tatsache, vollkommen den Verstand verloren zu haben, ein weiteres Anzeichen dafür, dass man verknallt war? Ich machte mir im Geiste eine Notiz, das zu recherchieren, wenn ich wieder zu Hause wäre.

Zwölftes KAPITEL

Liebe Dr. Maude,

Mannomann, dieses *iTouch* ist wirklich praktisch, was? Wenn ich es nicht bekommen hätte, dann könnte ich Ihnen nicht die ganze Zeit mailen.

Okay, Sie glauben nicht, was mir gerade passiert ist. Also, dieser Grillabend bei Austin und Connor hat sich als echte gemischte Party entpuppt, weshalb ich mich jetzt im Badezimmer verstecke, und wer, glauben Sie, kam zum Fenster hereingepurzelt? Da kommen Sie vermutlich nie drauf, also sag ich es Ihnen – CONNOR FORRESTER!

Gott sei Dank war ich, na ja, Sie wissen schon, nicht gerade beim Pinkeln oder irgend so was Todespeinliches – ich stand gerade bloß vor dem Spiegel und habe mit mir selbst geredet –, aber trotzdem war es peinlich. Besonders weil ich nur ein Bikinioberteil anhatte. Ich meine, das war natürlich nicht alles, was ich anhatte, ich hatte auch meine Jeans an, aber … egal, das ist nicht so wichtig. Was wichtig ist, ist die Tatsache, dass Connor mich gefragt hat, ob ich mit ihm einen Spaziergang am Strand machen will, weil der Sonnenuntergang dort total irre sein soll.

Also, ich hab zwar nicht besonders viel Erfahrung mit Jungs – okay, ich habe überhaupt keine Erfahrung mit Jungs –, aber trotzdem habe ich genug Filme gesehen, um zu wissen, dass ein Spaziergang am Strand bei Sonnenuntergang eine sehr romantische Sache ist. Als Moms BFF Deanna sie dazu überredet hat, sich bei *Seelenverwandt.com* zu registrieren, damit sie einen Mann kennenlernt (das war natürlich bevor sie Alan getroffen hat), habe ich heimlich einen Blick auf Moms Profil geworfen, und sie hat unter »Romantische Dinge, die ich gerne tue« geschrieben: »Strandspaziergänge bei Sonnenuntergang«, was mir neu war. Genauso wie die Tatsache, dass sie siebenundfünfzig Kilo wiegt, denn als ich ihr einmal beim Wiegen über die Schulter geschaut habe, zeigte die Waage sechzig Kilo an. Aber ich habe nichts gesagt, weil ich ja streng genommen irgendwie sozusagen geschnüffelt habe.

Ich bin mir nicht sicher, um welchen Rat ich Sie hier bitte, weil ich Connor schon gesagt habe, dass ich nicht mitkommen kann, aber ich dachte, es interessiert

Sie vielleicht. Außerdem kann ich mich so mit Tippen beschäftigen, während ich mich davor drücke, wieder raus auf die Party zu gehen.

MfG
Lucy B. Parker

PS: Ich will ja nicht nerven, aber gibt es schon etwas Neues an der Showticket-Front?

Ich habe nicht wirklich Platzangst, aber eine Dreiviertelstunde im Badezimmer ist eine ziemlich lange Zeit, selbst wenn man ein Bad nimmt, und das Letzte, was ich wollte, war, dass die Leute denken könnten, ich hätte vielleicht Magenprobleme oder irgend so was Ekliges. Als ich wieder ins Wohnzimmer kam, waren überall noch mehr Bikinimädchen. Und nicht bloß das, sondern es waren auch noch mehr Prominente gekommen, unter anderen dieser Clayton Carter, der kürzlich den total gewöhnlichen Sohn zweier Superhelden gespielt hat, in diesem Film, der ganz in der Nähe unserer Wohnung gedreht wurde. Was hatte ich, Lucy B. Parker, ein Mädchen, so unbekannt, dass sie an ihrer Schule noch immer als »die Neue« galt (oder als das Periodenmädchen, bäh!), auf einer Party mit den berühmtesten Jungstars des Universums verloren? Und nicht nur das, sondern sie waren auch noch alle mindestens zwei Jahre älter als ich.

Deshalb war es auch bloß logisch, dass ich mich schnell auf die Terrasse verzog. Zumindest war es dort ruhig und man hörte bloß das Geräusch der Wellen. Und wie Connor gesagt hatte, war der Sonnenuntergang *echt* superschön.

Ich sah mich nach Laura und Austin um, aber es war weit und breit niemand zu sehen, und weil ich nahe am Meer war, hatte ich keinen Empfang auf dem Handy und konnte ihr nicht simsen. Ich krempelte die Hosenbeine hoch und schlenderte über den Strand. Ich wusste, dass es Strandverschmutzung war, aber weil ich eine so schlechte Orientierung habe, ließ ich alle paar Schritte *Oreo*-Kekskrümel fallen, um eine Spur zu legen, damit ich mich nicht verlaufen konnte. In der Ferne sah ich einen Jungen, der sich die ganze Zeit ruckartig mit einer imaginären Waffe in der Hand in alle Richtungen drehte, als wäre er eine Figur aus einem Actionfilm. Zumindest schien er Spaß zu haben, anders als ich, der mal wieder die Tränen über die Wangen liefen, denn ich fühlte mich wie eine Idiotin, weil ich mich die ganze Zeit im Bad versteckt hatte und es nicht geschafft hatte, mich mit irgendwem zu unterhalten.

Plötzlich hörte der verrückte Junge auf, mit seiner imaginären Waffe herumzuballern, und winkte mir zu. Zuerst nahm ich an, dass er mich für jemand anderen hielt. Doch als ich mich umsah, merkte ich, dass ich die Einzige am Strand war, und bekam es mit der Angst zu tun. Ich würde nicht vor Peinlichkeit sterben, sondern weil ich mich allein am Strand mit einem Verrückten befand und weit und breit niemand war, der meine Schreie hören würde, falls er vorhatte, mich anzugreifen.

Der Verrückte hörte auf, mir zu winken, und kam auf mich zugejoggt. Ich drehte mich um und fing an, vor ihm wegzulaufen, doch aufgrund des Sands und meines Koordinationsproblems war ich nicht besonders schnell.

»Lucy!«, hörte ich den Verrückten rufen. »Warte mal 'ne Sekunde!«

Oh mein Gott – woher kannte er meinen Namen? Vielleicht war er irgendein Freak, der Laura stalkte, und jetzt wollte er mich kidnappen und mich so lange festhalten, bis sie mit ihm ausging. Ich rannte schnaufend und keuchend durch den Sand und verfluchte mich dafür, dass ich mich so oft vor dem Sportunterricht gedrückt hatte. Sobald ich wieder zurück in New York wäre – *falls* ich jemals wieder zurück nach New York käme –, würde ich mit dem Laufen anfangen. Doch als ich stolperte und auf der Nase landete, sah es ganz schlecht für mich aus.

»Du hast dich ja doch für den Spaziergang entschieden!«, hörte ich den Verrückten sagen, als ich mich aufrappelte und mir den Sand aus dem Gesicht wischte. Als ich ihn aus den Augen bekommen hatte, merkte ich, dass der Verrückte Connor ähnelte.

»Was? Äh, ja«, sagte ich und versuchte, ganz beiläufig zu klingen. »Und jetzt, na ja … wollte ich mich bloß kurz hinsetzen und eine kleine Pause einlegen. Die Aussicht genießen. Mann, du hattest recht, der Sonnenuntergang ist echt schön heute«, brabbelte ich.

Er kniff die Augen zusammen. »Aber was ist mit deiner seltenen Hautkrankheit?«

»Ach, ist schon okay«, erwiderte ich. »Ich muss bloß vorsichtig sein, wenn die Sonne anfängt unterzugehen. In der Mitte und gegen Ende ist es kein Problem.«

»Na dann, super, willst du, ich weiß nicht … ein bisschen spazieren gehen?«, fragte er.

»Mit dir?«, erkundigte ich mich nervös.

Er zuckte mit den Schultern. »Ja, ich meine, du musst natürlich nicht …«

»Nein, ist schon okay. Ich schätze, das können wir machen.«

»Cool.« Er hielt mir die Hand hin.

»Was machst du da?«, fragte ich verwirrt.

»Dir hoch helfen.«

»Oh.« Ich griff nach seiner Hand. Ich weiß nicht, was ich erwartet hatte, wie sich die Hand eines Jungen anfühlt, aber ich hatte nicht gedacht, dass sie sich so … *zart* anfühlen würde. So butterweich. Aber nicht butterweich auf eine schlechte Art. Es fühlte sich eigentlich ganz schön an. Wie ein frisch gebackener Bagel.

Als wir losspazierten, fing er an zu reden. Und er redete. Und redete. Er erzählte mir seine gesamte Lebensgeschichte, angefangen bei seiner Geburt, die sich beinahe in einem Chicagoer Taxi ereignet hätte. Normalerweise fand ich Leute, die die ganze Zeit laberten, von allem Möglichen, über ihre Lieblingsfrühstücksflocken bis zum Leben nach dem Tod, ziemlich nervig (hallo Marissa, hallo Alice), aber in diesem Fall war ich froh, einfach nur zuhören zu können. Es gab mir Zeit, darüber nachzudenken, wie ich meine Beine dazu bringen könnte, sich nicht mehr wie Wackelpudding anzufühlen, und meine Zunge dazu, mir wieder zu gehorchen, sodass ich, falls er mich etwas fragte, auch antworten könnte.

Da blieb er plötzlich stehen und drehte sich zu mir. »Hey, Lucy«, sagte er und streckte seine Hand nach meiner Wange aus.

»Was machst du da?«, fragte ich. Wollte er mich küssen? Das konnte er doch nicht machen! Ich war mir ja noch nicht mal sicher, dass ich wirklich in ihn verknallt war!

»Ich wollte dir bloß sagen, dass du noch ein Stück Seetang im Gesicht hast«, meinte er.

»Oh«, sagte ich und merkte, wie mein Gesicht heiß wurde.

»Mann, es ist so cool, wie schnell dein Gesicht rot anläuft«, stellte er begeistert fest. »Als Austin und ich diesen Film, *Affeninsel*, gedreht haben – den mit den Killerschimpansen –, gab es so einen Spezialeffekt, bei dem wir jedes Mal, wenn wir von einem der Affen gebissen wurden, grün anliefen. Das war krass.«

Bevor ich sagen konnte: »Das ist ja eklig«, berührte seine Hand meine Wange, und dann passierte es.

Kein Kuss, aber das Aufblitzen einer Kamera direkt vor unseren Gesichtern.

»Ha! Erwischt, Forrester!«, rief uns ein Typ in einer Safarijacke noch über die Schulter zu, als er in Richtung Straße davonrannte.

Ich konnte es nicht fassen – ein Paparazzo hatte soeben ein Foto von Connor Forrester und mir geschossen! Das war nicht gut. Genau genommen sagte mir meine Hellseherader, dass das ganz und gar nicht gut war.

»Mann, das gibt's doch nicht! Jetzt hat mich Vinnie Vincenza doch erwischt!«, fluchte Connor und stampfte wütend mit dem Fuß auf.

»Das war Vinnie Vincenza?«, fragte ich nervös. Laura hatte mich vor ihm gewarnt. Seine Fotos tauchten immer in den schmierigsten Klatschzeitschriften auf. Ich wollte noch nicht mal darüber *nachdenken*, welche Lügengeschichte sie dazu auftischen würden. Einmal, noch in Northampton, hatte ein Paparazzo ein Foto von Laura, Alan, Mom und mir gemacht, auf dem ich aussah, als würde ich gerade in der Nase popeln, obwohl ich eigentlich bloß den Pickel in meinem Gesicht verdecken wollte.

»Ja, das war er«, sagte Connor. »Ich frage mich, ob er dich auch für die behinderte Schwester aus dieser Serie gehalten hat.«

Na, toll. »Tja, ich geh dann mal besser zurück«, sagte ich. Jetzt kam noch ein Zucken in meinem Magen zu dem Kribbeln am Rücken hinzu. Langsam wurde das Ganze hier echt nervig.

»Wirklich?«, fragte er enttäuscht.

»Ja. Laura macht sich bestimmt schon Sorgen um mich«, sagte ich und versuchte, meinen flatternden Magen dazu zu bringen, sich zu beruhigen.

Vergiss Laura – *ich selbst* machte mir Sorgen um mich. Meine Verknalltsein-Symptome wurden immer schlimmer, und ich war mir nicht sicher, wie lange ich das noch aushalten konnte.

Dreizehntes KAPITEL

Liebe Dr. Maude,

ich hoffe, Sie finden es nicht vorlaut von mir, wenn ich das sage, aber ich denke wirklich, wenn Ihre Zuschauer wüssten, was mir die letzten paar Monate alles passiert ist, und sie rausfinden würden, dass Sie die Möglichkeit gehabt hätten, mich in Ihre Sendung einzuladen, es aber nicht gemacht haben, dann wären sie TOTAL enttäuscht. Besonders wenn sie wüssten, dass ich heute den Abend mit Connor Forrester verbracht habe. Ganz allein. Nur er und ich. Am Strand. Bei Sonnenuntergang. Aber es war kein Date.
Ich frag mich bloß, auch wenn es kein richtiges Date war, warum muss ich dann ständig an ihn denken und kann nicht einschlafen? Deshalb schreibe ich Ihnen auch um zwei Uhr morgens. Laura meint, der Grund, warum ich die ganze Zeit an ihn denke, ist, dass ich

ihn richtig gern mag und es mir einfach selbst noch nicht eingestanden habe. Aber ich glaube, da liegt sie falsch. Wie schon gesagt, Connor Forrester + ich = VERRÜCKT. Außerdem hat sie schon fast geschlafen, als sie das gesagt hat. Ich bin in ihr Zimmer und habe total laut gesagt: »Laura? Schläfst du schon? Wenn nicht, würde ich dich nämlich gern was fragen«, und obwohl sie gesagt hat: »Nein, ich bin noch wach. Was ist denn los?«, war ihre Stimme ganz quakig, was bedeutet, dass sie schon schlief. Und jeder weiß schließlich, dass das meiste von dem, was Leute im Schlaf sagen, nichts zu bedeuten hat.
Ich weiß nicht, ob die Welt schon so ein komplizierter Ort war, als Sie zwölfeinhalb waren, aber ich sage Ihnen – heutzutage würden Sie kein Teenager sein wollen!

MfG
Lucy B. Parker

Wenn man erst um drei Uhr morgens eingeschlafen ist, ist es schon schlimm genug, wenn man dann um acht von seiner Frester mit »Lucy, Lucy – wach auf!« geweckt wird – besonders, wenn sie ein totaler Morgenmensch ist und man selbst überhaupt nicht. Aber wenn diese Frester einem dann noch einen Laptop vor die

Nase hält und sagt: »Das musst du dir anschauen – *sofort*!«, dann ist das noch schlimmer. Besonders wenn es ihr gelingt, dir die Decke vom Gesicht zu zerren, damit du die Augen aufmachen MUSST.

»AAAAAHH!«, kreischte ich, als ich sah, was »das« war. Mitten auf der *KlatschUndTratsch.com*-Seite war das Foto von Connor und mir am Strand zu sehen. Die fette Schlagzeile darüber lautete: *Romantischer Sonnenuntergang + neue Freundin = Knutschzeit!* Unter dem Foto stand: »Teenie-Schwarm Connor Forrester tritt offensichtlich in die Fußstapfen seines BFF Austin Mackenzie. Während es aus Insiderkreisen heißt, dass Austin und seine Schauspielpartnerin Laura Moses ihre Leinwandromanze gestern Abend bei der Strandfete der Jungs jenseits der Leinwand fortsetzten, lernte Connor Lauras Bald-Stiefschwester Lisa bei einem romantischen Strandspaziergang besser kennen.«

»Oh nein!«, rief ich. Ich wusste nicht, was schlimmer war – dass sie das Foto gebracht hatten oder dass mein Name falsch war.

»Ich sage dir das ja nur sehr ungern«, meinte Laura, »aber die Leute auf diesem Foto sehen definitiv so aus, als würden sie sich sehr mögen.« Sie betrachtete das Bild mit zusammengekniffenen Augen. »Was hast du denn da im Gesicht?«

»Seetang«, stöhnte ich und zog mir die Decke wieder über den Kopf. Das war einfach schrecklich. Ich schob die Decke wieder weg. »Vielleicht sieht es ja keiner«, sagte ich hoffnungsvoll. »Ich meine, *KlatschUndTratsch.com* ist ja nicht *so* bekannt.«

Laura zeigte auf den Schriftzug »DIE NR. 1 DER KLATSCHSEITEN IM NETZ«, der in großen, fetten Lettern ganz oben stand.

»Und ich sag dir auch das nur sehr ungern, aber die Nachricht taucht auch noch auf mindestens zehn anderen Seiten auf. Vermutlich sogar mehr, aber dann habe ich aufgehört zu zählen.«

Ich verkroch mich wieder unter der Decke, diesmal noch tiefer. Wenn die Sache mit Connor und mir wahr gewesen wäre, hätte ich vielleicht damit umgehen können, aber wenn ich jetzt wieder in New York wäre und das siebte Schuljahr angefangen hätte und meine Mitschüler mich fragen würden: »Ich glaub's nicht, dass du mit Connor Forrester zusammen warst – wie war das so?« und ich dann erwidern müsste: »Äh, ehrlich gesagt stimmt das gar nicht. Das haben die sich bloß ausgedacht« und meine Mitschüler dann sagen würden: »Oh, na ja, man sieht sich«, dann würde ich mich noch bescheuerter fühlen.

Ich schnappte mir mein *iTouch* und checkte mein Postfach. Ich hatte drei E-Mails von Beatrice, vier von Alice und neun von Marissa, die alle im Grunde dasselbe sagten: »ICH FASS ES NICHT, DASS DU CONNOR FORRESTER GEKÜSST HAST!!! WIESO

HAST DU MIR DAS NICHT ERZÄHLT???« Aber darum würde ich mich später kümmern. Gut, dass Mom und Dad und Alan nicht auf diese Seiten gingen, sonst hätte ich ein *ernsthaftes* Problem. »Was soll ich denn jetzt machen?«, jammerte ich.

Laura zuckte ratlos mit den Schultern. »Kopf hoch, und wenn dich die Reporter belagern, sagst du einfach ›Kein Kommentar‹. So mache ich das immer.«

»Mich wird kein Reporter belagern«, sagte ich spöttisch. »Ich bin doch kein Superstar wie du oder Connor.« Ich war bloß ein ganz normaler Teenager. Sie hatten nicht mal meinen richtigen Namen geschrieben. Meistens juckte es sowieso niemanden, was ich zu sagen hatte, warum sollte sich jetzt plötzlich jemand dafür interessieren?

Als wir hinunter in die Hotellobby kamen, drängten sich dort mindestens zehn Reporter.

»Laura! Laura!«, riefen einige von ihnen, als wir aus dem Aufzug traten und ein Blitzlichtgewitter über uns hereinbrach. »Bist du wirklich mit Austin Mackenzie zusammen?«

Sie setzte ihre Sonnenbrille auf. »Kein Kommentar«, sagte sie und bahnte sich den Weg zum Ausgang.

Puh, dachte ich, während auch ich meine schicke Riesensonnenbrille aufsetzte und ihr folgte. Ich hatte doch gewusst, dass sie sich bloß für Laura interessieren würden. Die Nachricht über mich war schon wieder Schnee von gestern.

»Lisa! Lisa!«, riefen da plötzlich ein paar der Reporter. »Wie ist es, Connor Forrester zu küssen?«

Oh-oh. Zu früh gefreut. Als wieder ein Blitzlichtgewitter losbrach, war ich vorübergehend so geblendet, dass ich stolperte, was erneutes Blitzlichtgewitter nach sich zog. Als ich mich wieder aufgerappelt hatte, nahm ich meine Sonnenbrille ab und drehte mich zu den Reportern um. »Okay, mein Kommentar dazu ist: Kein Kommentar«, verkündete ich. »Aber bevor ich keinen Kommentar abgebe, möchte ich noch sagen, dass (a) mein Name nicht Lisa ist, sondern Lucy, Lucy B. Parker.« Ich sah, dass ein paar der Reporter Stifte und Blöcke zückten. »Es schreibt sich P-A-R-K-E-R, falls Sie es in einem Artikel erwähnen, aber, um ehrlich zu sein, wäre es mir lieber, wenn Sie das nicht machen würden. Und (b) habe ich Connor Forrester nicht geküsst. Ich wiederhole: Ich. Habe. Connor. Forrester. Nicht. Geküsst.«

Oh-oh. Das war ziemlich viel Kommentar für jemanden, der keinen Kommentar abgeben wollte.

»*Natürlich* hast du das nicht«, sagte ein Typ mit krausen Locken ironisch. »Also, wie war's?«

Ich verdrehte genervt die Augen. »Ich habe doch gerade gesagt, dass ich ihn nicht geküsst habe! Und eigentlich geht Sie das zwar gar nichts an, aber ich habe noch nie jemanden geküsst. Niemals.« Einige von ihnen kritzelten wie verrückt in ihre Blöcke. *Oh nein!* Warum suchte ich mir ausgerechnet *diesen* Moment aus, um mal wieder zu viele Informationen preiszugeben?! »Bitte schreiben Sie *diesen* Teil nicht auf«, sagte ich schnell.

»Also, bist du bis über beide Ohren verknallt?«, fragte eine Frau, die so braun war, dass es orange aussah.

»Was sagst du dazu, dass vor dir jedes Mädchen, das mit Connor gesehen wurde, groß und blond war, während du … nicht so groß und blond bist?«, fragte ein Mann mit einem T-Shirt, auf dem stand: ICH ARBEITE FÜR RUHM.

»Okay, (c) ich bin nicht in ihn verliebt und (d) zufälligerweise mag ich meine Haare, jetzt wo sie wieder gewachsen sind, nachdem ich sie mir vor einiger Zeit abgekokelt habe.« Ich setzte meine Sonnenbrille wieder auf. »Wenn Sie mich jetzt bitte entschuldigen würden, ich habe keinen weiteren Kommentar zu dieser Sache«, sagte ich und marschierte zum Ausgang.

Laura meinte, sie wären mit dem Dreh in Verzug geraten, weil Lady A am Tag zuvor die ganze Zeit ihren Text vergessen hatte und dann nicht mal die Karteikarten lesen konnte, weil sie nicht gerne vor Leuten ihre Brille aufsetzte. Das hieß, dass Laura heute nicht arbeiten musste. Und das bedeutete wiederum, dass wir endlich einen Sightseeing-Tag unter Frestern einlegen konnten, bei dem Austin mal nicht dabei sein würde.

»Machen wir die *Haunted-Hollywood*-Tour?«, fragte ich aufgeregt, als wir beim Frühstück in diesem Laden namens *John O'Groats* waren, wo es die besten Blaubeerpfannkuchen und Brötchen gab, die ich je gegessen hatte. Die Brötchen waren so lecker, dass ich, nachdem ich bereits Lauras verputzt hatte, die Bedienung fragte, ob ich noch eins haben könnte. Daraufhin rief sie mit irischem Akzent: »Menschenskind – endlich mal jemand, der Brot isst in dieser Stadt!«

»Nein, wir gehen shoppen …«, sagte Laura.

Shoppen? Wäh! Das konnten wir auch in New York machen. Außerdem war ich doch erst mit Lady A beim Shoppen gewesen. Ich hatte gehofft, wir würden etwas machen, was man nur hier machen konnte. Aber auf keinen Fall etwas aus der Kategorie »Sich-am-Strand-von-Malibu-von-einem-Paparazzo-ablichten-lassen«.

»Klamottenshoppen für die Premiere von *Fünfzehn Kerzen*!«, fügte Laura noch hinzu.

»Echt?«, kreischte ich. *Vierzehn Kerzen* war letztes Jahr mein Lieblingsfilm gewesen und das war die Fortsetzung.

Sie nickte. »Es war echt nicht leicht, auf die Liste zu

kommen. Ich musste versprechen, einen Bar-Mitzwa-Glückwunsch für die Tochter des Studiobosses aufzunehmen, aber ich weiß doch, wie gern du da hingehen würdest.«

»Also nur du und ich?«

Sie nickte. »Das wird unsere IKA diese Woche.«

Das war grandios. Es machte fast den schrecklichen ersten Teil der Woche wett. Wenn nur das Mädchen, das Laura schon die ganze Zeit anstarrte, damit aufhören würde. Das machte mich ganz kirre. Ich drehte mich auf meinem Stuhl so, dass ich sie nicht mehr direkt im Blickfeld hatte. Gut, es kamen zwar nicht so viele und störten uns beim Essen – wahrscheinlich weil wir in L. A. waren und man es hier gewöhnt war, Prominente zu sehen –, aber trotzdem nervte es ziemlich, wenn man beim Essen angestarrt wurde, denn das bedeutete, dass man nicht einfach so reinhauen konnte.

Kurz darauf tippte mir jemand auf die Schulter. Ich drehte mich um. »Du *bist* es!«, stieß ein Mädchen staunend aus.

»Hä?« Wovon redete sie?

»Du bist Lisa – das Mädchen, das Connor Forrester gestern Abend am Strand geküsst hat!«, quietschte sie.

Laura und ich sahen uns besorgt an. Es war komisch, dass jemand uns beim Essen störte, um mit *mir* zu reden – und nicht mit *Laura*. Das Mädchen packte mich am Arm. »Er ist ja so süß. Ich muss es wissen – ist er ein guter Küsser? Ich weiß, ich bin viel älter als er, aber er ist einfach zum Dahinschmelzen.«

Ich machte mich los. »Okay, (a) heiße ich Lucy – nicht Lisa –, und (b) weiß ich es nicht, weil ich ihn *nicht geküsst* habe!«, rief ich aufgebracht. »Wir sind bloß Freunde. Ich schwör's.«

»Ich kann nicht glauben, dass ich vor jemandem stehe, dessen Lippen die von Connor Forrester berührt haben«, schwärmte sie unbeirrt weiter. Sie zückte ihr Handy und fing an, darauf herumzutippen. »Kann ich ein Foto machen? Meine Freunde fallen tot um, wenn sie das erfahren.«

Ich schaute besorgt zu Laura hinüber. Was war hier los? *Ich* war doch nicht diejenige, um die die Leute einen Riesenwirbel machen sollten – sondern *sie*.

Als wir die Läden an der Dritten Straße in West Hollywood durchstöbert hatten, war Laura dreimal nach einem Autogramm gefragt worden. Und ich … *viermal*.

»Wow. Ich glaube nicht, dass ich schon mal mit jemandem unterwegs war, der berühmter war als ich«, sagte sie, als wir zum Wagen zurückgingen. »Das ist irgendwie schräg.«

»Und ich war noch nie berühmt«, sagte ich. Ich hielt schützend die Hände vors Gesicht, als ein japanisches

Touristen-Trio anfing, mich zu knipsen. »Das ist *echt* schräg!«

Ein paar Minuten später hielt der Wagen auf dem Parkplatz eines Ladens mit der Aufschrift *Frank Pigeon*. Aufgrund der Autos, die davor parkten, wusste ich, dass es ein sehr schicker Laden sein musste. Es gab keinen einzigen verbeulten Volvo auf dem gesamten Parkplatz (Mom hatte so einen gefahren, als wir noch in Northampton lebten). Es waren ausschließlich glänzende Mercedes und BMWs, die laut Dad nur von »gierigen Kapitalisten« gefahren wurden. Ich war mir nicht sicher, was ein Kapitalist war, aber an seinem Ton konnte ich erkennen, dass es nichts Gutes war.

Der andere Grund, warum ich wusste, dass es ein viel schickerer Laden sein musste als *H&M* oder *Urban Outfitters*, war, dass wir beim Reingehen an einem Stapel verwaschener T-Shirts vorbeikamen, die aussahen, als hätte jemand Bleiche in die Waschmaschine gekippt, und ich das Preisschild bemerkte.

»Sie wollen, dass jemand hundertfünfundzwanzig Dollar zahlt für so was?!«, rief ich. Dieser Laden war ja genauso schlimm wie die am Rodeo Drive.

»Psst«, machte Laura, wurde rot und zog ihren Hut ein bisschen tiefer ins Gesicht.

Eine Asiatin, die das gleiche T-Shirt anhatte, nur in Rot, kam auf uns zu. Sie sah aus wie eines der Bikinimädchen von gestern Abend, bloß dass sie nicht blond war. »Entschuldigung, kann ich euch behilflich sein?«, fragte sie pampig. War hier vielleicht irgendetwas im Wasser, das die Leute in L. A. so hochnäsig machte? In New York waren die Leute nämlich nicht so.

Laura lächelte sie an. »Nein, wir sehen uns nur um.«

»Gut, aber ich muss euch bitten, nicht so laut zu sein«, sagte sie. Hatte ich das Schild übersehen, auf dem *Bibliothek* stand? Das Mädchen kniff die Augen zusammen. »Moment – du bist doch Laura Moses.«

Laura nickte. Okay, das war schon besser. So sollte es eigentlich sein – Laura wurde erkannt und ich blieb schön im Hintergrund. Klar, früher hätte ich mich darüber beklagt (oder sagen wir noch vor zwei Tagen), aber jetzt war mir klar geworden, dass das gar nicht so schlecht war.

»Cool«, sagte sie, als wäre es ihr ziemlich egal. Wenn man darüber nachdachte, gehörten Promis wohl zu den wenigen Leuten, die sich ein verwaschenes T-Shirt für hundertfünfundzwanzig Dollar leisten konnten, also war das Verkaufspersonal hier vermutlich daran gewöhnt, ständig irgendwelchen Berühmtheiten zu begegnen. Sie drehte sich zu mir und ihre Augen weiteten sich. Ich wurde nervös. Würde sie mich jetzt rausschmeißen, weil ich kein Promi war? Weil ich kein Jemand mit großem »J« war, sondern ein niemand mit kleinem »n«?

»Du bist doch das Mädchen, das gestern am Strand Connor Forrester geküsst hat!«, rief sie in einer Lautstärke, die sich ganz und gar nicht für eine Bibliothek schickte. Sie packte mich am Arm. »Ohmeingott – ihr gebt *so* ein süßes Paar ab! Suchst du was Bestimmtes? Vielleicht etwas für ein Date mit Connor?« Plötzlich war sie überfreundlich. Es war so, wie meine Mitschüler mich behandelt hatten, nachdem sie erfahren hatten, dass ich mit Laura zusammenlebe.

»Was?! Nein!«, rief ich.

»Es ist für die Premiere von *Fünfzehn Kerzen*«, erklärte Laura.

Die Verkäuferin trippelte hinüber zu einem Regal. »Da habe ich etwas absolut Perfektes.« Oh-oh. Auf den Klatschblogs hatte ich gesehen, was die Leute in L. A. zu Premieren anzogen, und da gab es einige ziemlich durchgeknallte Outfits.

Als sie sich umdrehte, hielt sie ein langes lila Kleid in der Hand, das mit pinken und roten Blumen übersät war. Es war wunderschön. Und lila. Es war einfach *perfekt*. Ich war so dankbar, dass sie einen so guten Geschmack bewies, dass es beinahe die Tatsache wettmachte, dass sie zwischendurch kurz twitterte, die neue Freundin von Connor Forrester sei gerade bei ihr im Laden.

»Es ist wunderschön«, sagte ich. »Und nicht nur das, ich wette, es lässt sogar meinen Busen kleiner aussehen!«, verkündete ich noch, bevor ich in der Umkleide verschwand.

»Das ist so was von gekauft«, sagte Laura, sobald ich aus der Kabine kam. Anders als manche Leute (wie, sagen wir mal, Cristina Pollock) laufe ich nicht rum und denke, ich sehe aus wie ein Supermodel, aber in diesem Fall hatte die Verkäuferin recht – das Kleid sah wirklich toll an mir aus. Und auch ich hatte recht behalten – es kaschierte sogar meine Oberweite.

»Probier die mal an«, sagte die Verkäuferin und reichte mir ein Paar goldene Sandalen.

Sie waren hübsch, aber … »Die haben ja … Absätze«, stellte ich beunruhigt fest. »Und wenn das eine Premiere ist und ich mit dir da hingehe, dann heißt das, dass ich über den roten Teppich muss. Vor den Fotografen!« Klar, ich wollte den Film sehen, aber plötzlich schien mir das Ganze keine so gute Idee mehr zu sein.

»Das sind keine richtigen Absätze«, meinte Laura. »Das nennt man Kitten-Absätze. Mit denen kann man total leicht laufen. Ich schwör's.«

Ich sah sie skeptisch an. »Ja, vielleicht können das Leute, die keine Koordinationsprobleme haben.«

»Probier sie einfach mal an«, sagte sie.

Ich schlüpfte hinein und stakste durch den Laden, während Laura und die Verkäuferin bei meinem Anblick besorgt die Köpfe einzogen. »Ha. Die sind gar nicht so schlecht«, räumte ich ein. Ich machte noch einen Schritt, knickte mit dem Knöchel um und wäre beinahe hingefallen.

Laura seufzte. »Das mit dem Laufen üben wir später noch.«

»Du wirst so was von niedlich aussehen auf all den Fotos, die heute Abend von dir und Connor geschossen werden!«, quietschte die Verkäuferin begeistert.

Ich verdrehte die Augen. »Werd ich nicht«, widersprach ich. »Es wird keine Fotos von mir und Connor geben, weil Connor gar nicht dort sein wird. Ich gehe mit Laura.«

Laura blickte von ihrem Handy hoch. »Genau genommen … wird er dort sein«, sagte sie. »Austin hat mir gerade gesimst. Er hat auch noch zwei Karten bekommen … nachdem er seinem Agenten versprochen hat, dass er zu dem Berufsinformationstag in der Schule seines Sohnes kommt. Er nimmt Connor mit.«

Meine Augen wurden ganz schmal. »Hast du das geplant?«, fragte ich argwöhnisch.

»Nein!«, rief sie. »Lucy, du bist nicht die Einzige, die *Fünfzehn Kerzen* sehen will. Ich meine, der erste Teil war vierzig Wochen lang auf Platz eins der beliebtesten Kinofilme.«

»Stimmt«, musste ich zugeben.

»Ohmeingott – zwei Schwestern haben ein Doppeldate mit zwei besten Freunden«, jubelte die Verkäuferin. »Das ist ja *obersüß*!«

»Schon, oder?«, fiel Laura mit ein.

»Moment – das ist kein Doppeldate«, korrigierte ich

sie. »Wir sind bloß vier Leute, die zufälligerweise in denselben Film gehen. Und *vielleicht* nebeneinander sitzen.« Selbst wenn ich mir sicher gewesen wäre, dass ich in Connor verknallt war – was *nicht* der Fall war, aber selbst wenn –, war für jemanden zu schwärmen doch noch mal etwas ganz anderes, als ein richtiges Date zu haben! Auf ein Date musste man sich tagelang vorbereiten. Manchmal sogar wochenlang. Ganz zu schweigen davon, dass ich gerade mal zwölfeinhalb war – und ich bezweifelte stark, dass selbst Cristina Pollock schon jemals ein echtes Date gehabt hatte. Eigentlich hatte man erst den einen oder anderen Schwarm, damit man sich an die Idee gewöhnen konnte, aber man sprang nicht gleich zu einem echten Vielleicht-Date! »Außerdem, wenn es ein echtes Date ist, muss man sich auch Popcorn teilen, und das mache ich bestimmt nicht!«, fügte ich im Brustton der Überzeugung dazu. »Er hat schließlich schon mal *Würmer* in der Hand gehabt.«

Laura schob mich zurück in die Umkleidekabine. »Okay, du musst ja nicht gleich dein Popcorn mit ihm teilen. Und jetzt ziehst du erst mal das Kleid aus, damit wir hier weiterkommen. Roger und Maya machen uns die Haare und das Make-up. Wir haben noch jede Menge zu tun, um uns vorzubereiten auf unser Da…«

»Denk nicht mal dran, das laut auszusprechen!«, warnte ich sie.

»… unseren Kinoabend«, beendete sie den Satz.

Ein Kinoabend, bei dem ich bloß zufälligerweise mit Absätzen über den roten Teppich laufen müsste, während ich vom Blitzlicht der Paparazzi geblendet versuchen würde, mir nicht den Hals zu brechen. Das war schon ein bisschen anders, als wenn Dad mich mit ins Kino in Northampton nahm, wo man erst mal einen Blick auf den Sitz werfen musste, um sicherzugehen, dass kein Kaugummi draufklebte.

Eine weitere Sache, die normalerweise nicht Teil eines Kinoabends in Northampton war, war ein Ausflug ins *Olympic Spa*, wo einem, nachdem man im Dampfbad geschwitzt hatte, von stämmigen koreanischen Frauen in schwarzen Bikinis die abgestorbenen Hautschüppchen mit einem kratzigen, schwammähnlichen Ding abgeschrubbt wurden. Und dabei lag man die ganze Zeit *nackt* auf einem Behandlungstisch und kniff die Augen zusammen, weil das todespeinlich war, auch wenn das die Koreanerinnen laut Laura überhaupt nicht interessierte, weil sie schon Fantastilliarden nackte Körper gesehen hatten.

»Okay, nur damit ich das recht verstehe – das hier soll Spaß machen?«, rief ich rüber zum Nebentisch, wo Laura gerade abgeschrubbt wurde. Doch anders als von meinem Tisch, kamen von ihrem keine »Ooh!«- und »Autsch!«-Laute.

»Ja, klar«, rief sie zurück. »In der *InBeauty* war der Laden hier unter den Top-Orten aufgeführt, die man vor einem Da… einem Kinoabend aufsuchen sollte. Ist es nicht großartig?«

»Ehrlich gesagt ist es eher ziemlich unangenehm!«, rief ich.

»Du wirst schon sehen – deine Haut ist so was von weich, wenn sie fertig sind«, erwiderte Laura.

Die Koreanerin beugte sich vor. »Connor Forrester wird ganz hin und weg sein, wenn er deinen Arm berührt«, flüsterte sie mir ins Ohr.

Ich riss die Augen auf. Das war vollkommen verrückt. Wurden diese Klatschblogs etwa von Gott und der Welt gelesen?

»Ohmeingott, Lucy – dieses Foto von dir und Connor Forrester am Strand ist ja sooo süß!«, rief Maya entzückt, als wir nach dem Mittagessen in den Wohnwagen am Set kamen.

»Ja, da hast du dir ja eine gute Partie geangelt, Schätzchen«, stimmte ihr Roger zu.

Anscheinend wurden die Klatschblogs *wirklich* von Gott und der Welt gelesen. »Leute! Ich bin nicht mit ihm zusammen!«, rief ich.

»Diesem Blog zufolge bist du das sehr wohl«, sagte Roger und zeigte auf den Bildschirm seines Laptops.

Unter einem Foto, das mich dabei zeigte, wie ich mich mit Enchiladas vollstopfte, stand: »EILMELDUNG: Laura Moses' kleine Fast-Stiefschwester Lisa tankt Energie, um sich auf ein weiteres heißes Date mit ihrem neuen Freund Connor Forrester vorzubereiten.«

»Was?! Ich kann mich nicht mal daran erinnern, dass das aufgenommen wurde. Ich weiß ja, dass ich nicht gerade die fotogenste Person auf der Welt bin, aber es wäre schon nett, wenn sie hin und wieder mal ein Foto von mir zeigen würden, auf dem ich nicht aussehe wie ein Vollidiot.« Ich seufzte.

»Willkommen in meiner Welt«, sagte Laura ebenfalls seufzend.

»Oder deinen Namen richtig schreiben würden«, fügte Maya hinzu.

Das auch. Die ganze Sache geriet langsam ernsthaft außer Kontrolle. »Kann ich noch kurz schauen, ob Lady A da ist?«, fragte ich. Wenn es jemanden gab, der mir einen Rat geben konnte, was ich machen sollte, wenn die Medien über mein Liebesleben berichteten, dann sie.

Lady A saß in einem ihrer Kaftane auf der Couch und ließ sich von Frederick die Füße massieren. »Lucy B. Parker!«, dröhnte sie. »Es ist ja eine *halbe Ewigkeit* her, dass wir uns gesehen haben – du musst mir erzählen, wie es dir seither ergangen ist. Ich kann es gar nicht erwarten, alle Neuigkeiten zu erfahren.«

Das war exakt das, was sie das letzte Mal, als wir uns sahen, zu mir gesagt hatte. Das war zwar keine halbe Ewigkeit her, sondern gerade mal zwei Tage, aber seither war eindeutig jede Menge passiert. Das war auch der Grund, warum ich ganz außer Atem war, als ich ihr alles erzählt hatte.

»Oh, Schätzchen – das ist ja *fabelhaft*!«, trällerte sie. »Ich erinnere mich noch gut an die zarten Anflüge meiner ersten Liebe.« Sie seufzte. »Sie nicht auch, Frederick?«

Auch er seufzte. »Oh ja, ich erinnere mich, Lady A.«

»Okay, er ist nicht nur (a) nicht meine erste Liebe, sondern es ist (b) *überhaupt keine* Liebe. Connor und ich sind bloß Freunde«, stellte ich zum gefühlt tausendsten Mal klar. »Und je länger ich darüber nachdenke, desto mehr bin ich davon überzeugt, dass dieses Kribbeln und das Flattern in meinem Bauch, das ich immer bekomme, wenn ich in seiner Nähe bin, daher kommt, dass ich allergisch auf ihn bin.«

»Wie du meinst, Liebes«, sagte Lady A. Sie stand von der Couch auf, ging hinüber zu der Kleiderstange mit ihren Kaftanen und hielt einen orangefarbenen hoch. »Ich würde dir ja einen meiner Kaftane für deinen ersten Ausflug auf den roten Teppich leihen, aber ich fürchte, er könnte dir einen Hauch zu groß sein.«

Einen Hauch? Es würden ungefähr drei von meiner Sorte in dieses Ding passen.

»Außerdem würde er sich mit dem Rot des Teppichs beißen«, fügte Frederick hinzu.

»Äh, das ist wirklich nett, Lady A, aber eigentlich habe ich mir heute schon ein neues Kleid gekauft, das ich anziehen werde. Es ist lila mit riesigen Blumen drauf. Und neue Schuhe. Sie haben Katzenabsätze«, erklärte ich stolz.

»Du meinst Kitten-Absätze, oder?«, fragte Frederick.

»Ja, genau.«

»Wie aufregend!«, dröhnte Lady A. »Du musst dir unbedingt von mir die Haare und das Make-up machen lassen! Ich liebe es, anderen die Haare zu machen und sie zu schminken, nicht wahr, Frederick?«

»Ja, so ist es, Madame«, pflichtete er ihr bei.

Ich mochte Lady A sehr, aber ihre Schminke sah eher so aus wie die von einem Clown. »Eigentlich wollten Lauras Haar- und Make-up-Team mir …«, setzte ich an.

»Ich lasse kein Nein als Antwort gelten«, unterbrach sie mich und fing an, in ihrer riesigen gelben Schminkkiste zu wühlen.

Als ich die verschiedenen Tuben und Tiegelchen sah, die sie hervorkramte, wurde ich etwas nervös, denn sie waren ziemlich staubig, und das Letzte, was ich jetzt gebrauchen könnte, war, dass ich einen Ausschlag im

Gesicht bekam, weil das Make-up sein Verfallsdatum überschritten hatte.

»Wirklich, das ist supernett von Ihnen, aber das ist echt nicht nötig«, sagte ich. »Ich bin sicher, Sie haben jede Menge andere Dinge zu tun …«

»Papperlapapp! Das wird toll! Leider habe ich ja selbst nie Kinder bekommen, aber das könnte es wettmachen.« Sie machte eine orangefarbene Kiste auf und holte eine Flasche heraus, auf der *Ägyptisches Öl* stand. »Wir fangen mit deinen Haaren an«, verkündete sie und schüttete etwas Öl in ihre Handfläche.

Roger würde mich umbringen. Lady A mochte ja talentiert sein, aber ich war mir ziemlich sicher, dass sie kein ausgebildeter Profi war. »Ich wollte eigentlich einfach mein lila Blumenkleid …«, versuchte ich es noch einmal.

»Dieses Zeug ist *fabelhaft*«, fuhr sie ungerührt fort. »Ein Tropfen davon verleiht deinem Haar einen herrlichen Glanz, den die Kamera einfach liebt«, erklärte sie, während sie es mir ins Haar knetete. Als sie fertig war, griff sie nach einer Plastikduschhaube und setzte sie mir auf den Kopf. »Mit Wärme funktioniert es noch besser. Und jetzt kümmern wir uns um dein Makeup«, sagte sie und tauchte einen kleinen Pinsel in eines der Tiegelchen. »Aber du darfst nicht gucken, bis ich fertig bin«, sagte sie und drehte mich vom Spiegel weg.

»Das ist wirklich sehr nett«, sagte ich, »aber Laura wartet bestimmt schon auf mich …«

»Ach, Schätzelein – jetzt sei still und genieß es einfach«, befahl mir Lady A.

Ich seufzte und lehnte mich zurück. Irgendwie hatte ich das Gefühl, dass es zu nichts führte, mit Lady A zu streiten.

Nach jeder Menge Getupfe und Gepinsel trat die Diva einen Schritt zurück und betrachtete ihr Werk. »Ach, da hab ich mich mal wieder selbst übertroffen, nicht wahr, Frederick?«

»Definitiv, Madame«, pflichtete Frederick ihr bei.

»Jetzt fehlt nur noch das Tüpfelchen auf dem i«, verkündete sie und wühlte wieder in der Schminkkiste. »Ah – da haben wir's ja!«, rief sie nach einer Weile und hielt etwas hoch, das aussah wie Spinnenbeinchen.

»Sind das *falsche Wimpern*?«, fragte ich staunend.

Sie nickte und quetschte einen winzigen Klecks Kleber auf ein Bürstchen.

»Das ist ja cool!«, rief ich begeistert. »Das wollte ich schon immer mal ausprobieren.«

Nachdem sie fertig war, trat sie wieder zurück und betrachtete mich. »Viel besser«, meinte sie und zog mir die Duschhaube vom Kopf. »Okay, jetzt darfst du dich umdrehen und gucken.«

»Aaah!«, kreischte ich, als ich mich im Spiegel erblickte. Nicht weil ich mit der Schminke wie ein Clown aussah – damit wäre ich schon klargekommen. Schminke ließ sich abwaschen. Aber meine Haare waren …

»Blau?!«, japste ich. »Das Ägyptische Öl macht die Haare blau?! Das hatten Sie irgendwie vergessen, mir zu sagen, Lady A!«

Sie zuckte zusammen. »Meine Güte. Es ist wirklich ein bisschen blau, nicht?«, räumte sie ein. »Ich frage mich, woher das kommt?«

Ich nahm die Flasche in die Hand und schaute mir das Etikett genauer an. »Vielleicht daher, dass es schon vor zehn Jahren abgelaufen ist?«

Was sollte ich jetzt machen? Ich konnte doch nicht mit einem lila Kleid und *blauen* Haaren über einen roten Teppich laufen! Stichwort: Farben, die sich beißen.

Ich rappelte mich vom Stuhl auf und krächzte ein klägliches Auf Wiedersehen. Gott sei Dank gab es noch Roger – er würde mich zwar vermutlich zusammenstauchen, weil ich einen ungelernten Profi an meine Haare gelassen hatte, aber zumindest würde er die Sache wieder geradebiegen.

Doch als ich zurück in den Wohnwagen kam, hing Laura mal wieder an ihrem Handy und von Roger und Maya war weit und breit nichts zu sehen. Denn nachdem sie versprochen hatten, der Tochter des Filmproduzenten Haare und Make-up für ihre Party zum sechzehnten Geburtstag zu machen, hatten sie auch noch

Premierenkarten bekommen. Und jetzt waren sie schon im Hotel, um sich fertig zu machen.

Laura blickte von ihrem Handy auf. »Lucy, deine Haare sind *blau*!«, rief sie.

»Ja, das ist mir auch schon aufgefallen«, sagte ich trocken. Nach diesem Öl-Zwischenfall, dem Hut-Zwischenfall und dem Glätteisen-Zwischenfall schien es nun wirklich so, als würde sich mein ganzes Pech auf meinen Kopf konzentrieren. »Was soll ich denn jetzt machen?«, fragte ich, und langsam kam Panik in mir auf. Ich schaute auf die Uhr. »Die Vorstellung beginnt in einer Stunde.«

»Okay, okay, lass mich nachdenken«, sagte Laura und tigerte im Wohnwagen auf und ab. »Du könntest … einen Hut aufsetzen?«, schlug sie vor.

Das war wie damals, nach dem Glätteisenvorfall. Eigentlich war ich zuversichtlich gewesen, dass all die Monate, die ich wegen meines Eierkopfs Hüte oder Mützen hatte tragen müssen, genug Haar-Pech für ein ganzes Leben gewesen waren. Pustekuchen. »Man kann doch keinen Hut zu einem Abendkleid anziehen. Das weiß sogar ich!«, rief ich. »Da lande ich doch mit Sicherheit auf *StyleNoGos.com*.«

»Also, wenn wir es richtig blau bekommen, dann könntest du so tun, als wäre es eine Grace-Steppenwolf-Nummer. Du weißt schon, Haare als modisches Statement.« Grace Steppenwolf war eine Sängerin, die ihre

Haare immer in total verrückten Farben färbte wie Blau oder Pink. Einmal hatte sie am Valentinstag sogar Herzen hineingefärbt. Ich wette, ihr Friseur musste dafür auf ganz schön viele Schulen gehen.

Ich schüttelte den Kopf. »Ich kann mir schon vorstellen, was die Klatschzeitungen dazu sagen würden«, stöhnte ich. Und *Mom* erst.

Laura hörte auf, herumzutigern. »Ich hab's – du könntest einen von Lady Ashcrofts Turbanen aufsetzen.«

»Bist du irre?!«

»Das sieht bestimmt cool aus. Und jetzt, wo du prominent bist, kannst du einen Trend setzen. So wie ich damals, als ich meinen Pulli falsch rum angezogen habe.«

Daran konnte ich mich erinnern. Fast jedes Mädchen auf meiner Schule in Northampton hat sie damit kopiert. Sogar ich. In meinem Fall war es allerdings nicht beabsichtigt gewesen. Ich hatte verschlafen und mir einfach das erstbeste Ding geschnappt, das auf dem Klamottenhaufen vor meinem Bett lag, und vergessen, in den Spiegel zu schauen, bevor ich zum Bus sprintete.

Laura begleitete mich zu Lady A, die uns nur zu gerne half. »Was für eine *fabelhafte* Idee, Laura!«, rief Lady A. Ich saß in meinem neuen Kleid an ihrem Schminktisch, als sie mir einen goldenen Turban aufsetzte. »Finden Sie nicht auch, dass das eine fabelhafte Idee ist, Frederick?«

»Ja, ganz fabelhaft, Gräfin«, meinte der. Doch ich hätte schwören können, dass er dabei ein wenig den Kopf schüttelte, wie um zu sagen: »Nein – das ist absolut *keine* fabelhafte Idee!«

»Finden Sie?«, fragte Laura erfreut.

»Aber ja«, erwiderte Lady A. »Das ist die perfekte Ergänzung zum Kleid. Sehr Talitha Getty 1968, finden Sie nicht, Frederick?«

»Ja, sehr Talitha Getty, Madame«, stimmte er ihr zu.

Ich wusste nicht, wer diese Talitha Getty war, aber so wie sie von ihr sprachen, hörte es sich an wie etwas Gutes.

Lady A trat einen Schritt zurück. »So. Jetzt ist es perfekt.«

Ich fasste hoch und tastete danach. Es fühlte sich an, als hätte ich ein Vogelnest auf dem Kopf, aber es war immer noch besser, als mit blauen Haaren über den roten Teppich zu laufen.

Ich wandte mich an Laura. »Was meinst du?«

»Mir gefällt's«, sagte sie. »Es sieht ziemlich … wahrsagermäßig aus.«

Damit hatte sie nicht unrecht. Aber ich hoffte, dass ich durch das Gold und das Kleid eher wie eine teure Wahrsagerin aussah – nicht wie Madame Zara, auf deren Schild über einem Laden in der Nähe unseres

Hauses in New York stand: MADAME ZARA – IHR MEDIOM FÜR NUR 5 DOLLAR (»Ich weiß nicht recht, ob man einer Hellseherin vertrauen sollte, die nicht mal Medium richtig schreiben kann«, meinte Beatrice immer, wenn wir daran vorbeikamen).

Hoffentlich erwies sich meine Prophezeiung, dass alles nur besser werden konnte, als richtig.

Vierzehntes KAPITEL

Liebe Dr. Maude,

raten Sie mal, wo ich GERADE BIN!? Okay, da kommen Sie sowieso nie drauf, also sage ich es Ihnen. Ich sitze in einem Auto auf dem Weg zu meiner ersten Filmpremiere mit rotem Teppich und allem! Lauras Agent hat uns Einladungen besorgt, und ich bin superaufgeregt, obwohl ich einen Turban aufhabe, weil meine Haare blau sind. Aber das ist eine ziemlich lange Geschichte, also kann ich da jetzt nicht ins Detail gehen. Aber der eigentliche Grund, warum ich Ihnen schreibe, ist, dass ich mich gefragt habe, ob Sie vielleicht einen Rat hätten, wie jemand, der plötzlich irgendwie prominent ist, die Leute dazu bringen kann, ihn in Ruhe zu lassen, damit er einfach wieder ein ganz normaler Mensch sein kann?
Falls Sie diese Klatschblogs lesen, dann wissen Sie

das schon, aber die schreiben alle darüber, dass ich jetzt angeblich Connor Forresters neue Freundin bin, was total nervig ist, weil ich ihnen die ganze Zeit sage, dass das NICHT STIMMT. Und nicht nur das, sondern sie nennen mich immer Lisa statt Lucy, was noch schlimmer ist. Ich weiß, dass viele Menschen ganz viel Zeit darauf verwenden, prominent zu werden, aber meine Frage an Sie ist folgende: Wie wird man unprominent?
Ich freue mich, von Ihnen zu hören.

MfG
Lucy B. Parker

PS: Ich möchte Sie wegen der Showtickets nicht unter Druck setzen oder so, aber ich reise in drei Tagen schon wieder ab.

Wenn jemand versucht, *un*prominent zu werden, wie ich, ist es nicht gerade hilfreich, wenn man beim Aussteigen aus der Limousine über den Saum seines neuen Kleides stolpert. Stattdessen machte es die Fotografen noch verrückter, sodass das Blitzlichtgewitter noch schlimmer und meine Sicht noch schlechter wurde.

»Na toll«, murmelte ich, als ich wieder aufstand und meinen Turban gerade rückte, der zur Seite gerutscht war. Ich drehte mich zu Laura um, die, weil sie an Absätze und Ruhm gewöhnt war und kein Koordinationsproblem hatte, strahlend vor sich hin lächelte, während sie für die Fotografen posierte. »Sehe ich okay aus?«, fragte ich.

»Ja«, antwortete sie. Dann kniff sie die Augen zusammen. »Bloß eine von deinen falschen Wimpern ist abgegangen.«

Ich tastete danach. »Dann war das also doch keine Fliege, die ich vorhin in der Limo zerquetscht habe, sondern eine falsche Wimper. Ich nehm die andere einfach auch ab.« Doch als ich daran zupfte, bewegte sie sich nicht. Ich zerrte noch einmal daran, aber es gelang mir lediglich, sie *halb* abzureißen, sodass sie schließlich von meinem Lid hing wie eine tote Spinne.

»Lisa! Hier drüben!«, schrie einer der Paparazzi und schoss ein Foto.

Na, großartig. Jetzt würde für alle Ewigkeiten ein Foto von mir im Internet kursieren, auf dem es so aussah, als hinge mir eine tote Spinne vom Auge. »Leute, ich hab euch doch schon mehrfach gesagt – ich heiße *Lucy*! *Lucy B. Parker!*«, brüllte ich.

»Ja, sag's ihnen, Mann«, hörte ich eine Stimme hinter mir.

Ich drehte mich um und da stand Connor. Und sah irre gut aus. Was *nicht* unbedingt hilfreich war, wenn man gerade versuchte, sich klar zu werden, ob man vielleicht unter Umständen in jemanden verknallt ist oder nicht.

»Hey«, sagte ich. Ich klopfte mir auf den Bauch, in der Hoffnung, das Flattern, das sich wieder eingestellt hatte, möge aufhören.

»Mann, das ist ja ein irres Outfit. Du siehst aus wie eine Zigeunerin. Warte mal – meine PR-Agentin hat mir gar nicht gesagt, dass man sich *verkleiden* sollte«, sagte er.

»Sollte man auch nicht. Ich … na ja, Lady A …« Ich seufzte. Das war alles schwer zu erklären. »Ach, vergiss es einfach.«

Er kniff die Augen zusammen. »Was hast du denn da am Auge?«

»Eine falsche Wimper«, erklärte ich. »Ich krieg sie nicht ab. Sie hängt fest – Kleber.«

»Lass mich mal probieren«, meinte er und hob die Hand.

Als er daran zupfte, ging das Blitzlichtgewitter wieder los. Doch das widerspenstige kleine Ding rührte sich nicht.

»Seht euch das glückliche Paar an!«, rief jemand.

»Au!«, schrie ich, als Connor richtig fest daran riss.

»Das hätten wir«, sagte er und hielt mir die falschen Wimpern hin. Ein Blitz flackerte auf. Wer weiß, was sie unter *dieses* Bild schreiben würden.

Austin tippte uns auf die Schulter. »Seid ihr dann so

weit, Leute? Kann's losgehen?«, fragte er und zeigte auf den roten Teppich.

»Moment mal … ich soll mit *ihm* da rüberlaufen?«, kiekste ich nervös und zeigte auf Connor.

Die drei nickten. Oh Gott. Das sah so was von nach einem Date aus. Ich überlegte noch, ob ich mich nicht durch irgendeinen Hintereingang reinschleichen könnte, aber wenn hinter einem ein ganzer Chor von »Kommt schon – los jetzt«-Rufen ertönt und Connors PR-Agentin Sandi einen schubst, dann hat man keine große Wahl.

Connor hielt mir die Hand hin. »Bereit?«

Ich seufzte. »Schätze schon«, antwortete ich und nahm sie. Sie war noch zarter und butterweicher als beim letzten Mal. Benutzte er Handcreme? Vielleicht sollte ich mir nachher ein paar Beautytipps von ihm holen.

Glücklicherweise schaffte ich es über den roten Teppich, ohne noch mal zu stolpern und ohne meinen Turban zu verlieren. Aber meine Augen wurden von all dem Blitzlicht (und den Nachwirkungen des Falsche-Wimpern-Zwischenfalls) ganz schön in Mitleidenschaft gezogen. »Connor! Lisa!«, schrien die Fotografen.

Connor blieb stehen. »Sie heißt nicht Lisa, sondern Lucy B. Parker«, korrigierte er sie.

Ich drehte mich zu ihm und schenkte ihm ein dankbares Lächeln. Wenn ich Zeit gehabt hätte, mein Rat-Büchlein rauszuholen, hätte ich hineingeschrieben:

Wenn man vielleicht, eventuell in jemanden verknallt ist, sollte es jemand sein, dem klar ist, wie wichtig es einem ist, dass die Leute einen beim richtigen Namen nennen.

Wie nicht anders zu erwarten, war der Film echt gut, aber ich hatte Schwierigkeiten, mich zu konzentrieren, denn jedes Mal, wenn ich nach dem Popcorn griff, tat Connor das Gleiche und unsere Hände berührten sich. Und jedes Mal wenn das passierte, fühlte es sich ein bisschen so an, als würde ich meinen Finger in eine Steckdose stecken. Dann zog ich meine Hand so hastig zurück, dass das Popcorn herumflog – manchmal sogar in die Frisur meiner vorderen Sitznachbarn –, was wirklich schade war, denn das Popcorn war echt lecker, mit genau der richtigen Menge Butter drauf.

»'tschuldigung«, flüsterte ich, als die Frau, die direkt vor mir saß, sich umdrehte und mich wütend ansah. Ich überlegte, ob ich das Popcorn, das sich in ihrem Bob verfangen hatte, herauszupfen sollte, aber bei meinem Glück hätte ich bestimmt nur noch mehr Unheil angerichtet, also ließ ich es.

Ich war wirklich verwirrt. Sobald wir auf unseren Plätzen im Kinosaal saßen und ich mich nicht mehr aufs Laufen konzentrieren musste, war all meine Nervosität wie verflogen, und es war plötzlich ganz leicht, sich mit Connor zu unterhalten. Was war hier los? Warum war er so nett? Und witzig? Und überhaupt nicht, wie ich es von einem Superstar erwarten würde?

Es war, als wäre ich nervös darüber, dass ich in Connors Gegenwart nicht nervös war. Außerdem mochte Connor schließlich gar keine Mädchen wie mich – er stand auf blonde Bikinimädchen. Daran musste ich mich immer wieder selbst erinnern.

Ich war froh, als der Film vorbei war und wir über die Straße zur »Afterparty« gingen. So nannte man diese Veranstaltung, hatte Laura mir erklärt. Vielleicht könnte ich mich ja irgendwie von ihm loseisen, damit ich nicht die ganze Zeit nervös darüber sein musste, dass er mich nicht nervös machte. Nicht dass ich jemand anderen gehabt hätte, mit dem ich sonst hätte rumhängen können, denn Laura und Austin klebten noch immer aneinander wie die siamesischen Zwillinge. Laura zufolge waren Afterpartys wie riesige Bar Mitzwas für Erwachsene. Alle liefen herum, begrüßten sich mit Luftküsschen und sagten sich gegenseitig, wie toll sie doch aussähen, wenn sie sich gegenüberstanden, bloß um dann fiese Sachen übereinander vom Stapel zu lassen, sobald sie sich den Rücken zugekehrt hatten. Das erinnerte mich stark an die Realityserie *Das echte Leben der Zehntklässler von New Jersey*. Ich hoffte, dass es wenigstens richtig gutes Essen geben würde, aber stattdessen gab es bloß einen Haufen teures, aber ekliges Essen wie Garnelen und Sushi.

»Oh Mann, schon wieder Sushi?«, motzte Connor, als er es sah. »Warum können die kein normales Zeug anbieten wie … Burger und Pommes?«

Mein Magen knurrte. Falls ich nach Gründen suchte, ihn nicht zu mögen, war das definitiv nicht hilfreich.

Er drehte sich zu mir um. »Ich bin am Verhungern. Sollen wir gehen?«, flüsterte er.

»Wohin?«, fragte ich.

»Zu einer sehr wichtigen Sehenswürdigkeit von L. A.«, antwortete er.

Eine halbe Stunde später brüllten wir unsere Bestellung in die Drive-in-Sprechanlage von *In-N-Out-Burger*, vom Rücksitz eines Geländewagens mit getönten Scheiben aus, den Connor und Austin für den Abend gemietet hatten und der von einem großen Mann namens Calvin gefahren wurde. Während der Fahrt hatte ich erfahren, dass Calvin früher auf dem College Football gespielt hatte und das Zeug für die Profiliga gehabt hätte, wenn er sich keine Knieverletzung zugezogen hätte. Jetzt wollte er mithilfe der Rezepte seiner Großmutter aus Alabama eine Bäckerei eröffnen. Wir hatten Laura und Austin gefragt, ob sie mitkommen wollten, aber sie waren zu sehr damit beschäftigt, sich gegenseitig mit Glubschaugen anzuhimmeln. Nach dem Essen würde Calvin mich zurück zum *Shutters* und Connor nach Malibu fahren.

Obwohl es schon spät war, war das *In-N-Out* brechend voll, weshalb wir beschlossen hatten, unsere Burger im Auto zu essen. Außerdem wollten wir den Reportern nicht noch mehr Grund geben, uns für ein Paar zu halten. Wir bekamen unser Essen und schon nach dem ersten Bissen fühlte ich mich wie im Himmel. »Du hattest recht – das sind wirklich die besten Cheeseburger der Welt«, sagte ich. Die Tatsache, dass so einige Limos auf dem Parkplatz herumstanden, sprach dafür, dass diese Burger von vielen Promis geschätzt wurden.

»Und ich wette, solche Pommes hast du auch noch nie gegessen, was?«, meinte er.

Ich schüttelte den Kopf. Die Spezialität von *In-N-Out* waren mit Käse und Zwiebeln überbackene Pommes mit einer Spezialsoße. »Uups«, machte ich, als ich mir einen Teil der Mischung aufs Kleid kleckerte. Man konnte ein Mädchen zwar in ein tolles Kleid stecken und ihr einen Turban aufsetzen, aber ihre Koordinationsprobleme löste man nicht so leicht.

Er lachte. »Du bist echt cool, Lucy B. Parker.«

»Ja, klar.«

»Doch, bist du«, sagte er leise. Als er seinen Kopf vorbeugte, fiel ihm eine Haarsträhne ins Gesicht. Ich weiß nicht, warum das das Flattern in meinem Bauch noch verstärkte, aber so war es. »Du bist witzig und klug und du isst Brot …«

Ich spürte, wie mein Gesicht anfing zu brennen und mir der Turban über ein Ohr rutschte. »Ich weiß nicht, warum ihr das hier in Kalifornien so cool findet, aber ja, ich esse Brot. Und zwar jede Menge davon. Außerdem esse ich Bagels und Kekse und Teigtäschchen …«, plapperte ich los. Warum musste ich *ausgerechnet* jetzt wieder so viel Persönliches rauslassen? Ich rückte meinen Turban gerade.

»Die meisten Mädels, die ich kenne, reden nur über Klamotten und so und sie werfen ständig ihr Haar zurück und klimpern mit den Wimpern und schauen einem beim Essen bloß zu. Und aus irgendeinem Grund sind sie irgendwie immer meiner Meinung. Aber du – du bist überhaupt nicht so.«

»Das stimmt doch gar nicht«, sagte ich.

Er lachte. »Siehste – das mein ich.« Er sah blinzelnd auf mein Ohr. »Hey, sind deine Haare blau?«

Ich rückte meinen Turban zurecht, der schon wieder verrutscht war. »Äh, ja. Aber das ist eine lange Geschichte, also will ich da jetzt nicht ins Detail gehen. Egal, was wolltest du gerade sagen?«

Er betrachtete seine Pommes. »Es ist echt schade, dass du nicht in L. A. wohnst.«

»Warum?«

Er zuckte mit den Schultern. »Ich weiß nicht. Dann könnten wir … uns öfter mal sehen. Ich meine, ich glaube, irgendwie … *mag* ich dich.«

Mein Herz fing an, richtig schnell zu klopfen. »Heißt das, dass du mich … *magst*-magst?«, fragte ich.

Er nickte. Jetzt war er derjenige, der ganz rot wurde. Er zeigte auf meine Augen. »Das ist ja cool.«

»Was denn?«

»Deine Augen – die Pupillen sind ganz groß.«

Oh-oh. Gestern Abend waren Laura und ich online gegangen, um uns noch mal die Warnanzeichen fürs Verknalltsein anzusehen. Große Pupillen waren die Nummer sieben auf der Liste.

Er rückte näher an mich heran. Wollte er mich etwa küssen? Wollte *ich* etwa, dass er mich küsste? Was war mit der Tatsache, dass Calvin auf dem Vordersitz saß? Und der Tatsache, dass sowohl die Burger als auch die Pommes mit Zwiebeln waren? Und bedeutete das etwa, dass ich wirklich in Connor verknallt war? Aber was, wenn ich mich am Ende doch für Blair als meinen Schwarm vor Ort entscheiden würde? Wenn ich Connor jetzt küsste, bedeutete das auch, dass ich nicht mehr für Blair schwärmen konnte? Genau das war der Grund, warum ich mir nicht sicher war, dass ich schon bereit für diese ganze Schwarm-Sache war – es war alles so verwirrend!

Und dann … aus dem Augenwinkel heraus sah ich sie.

Sie kam aus dem Restaurant und hatte eine weiße Tüte in der Hand, genau wie die, die ich auf dem Schoß hatte und aus der das Fett langsam auf mein Kleid durchsickerte. Sie stieg hinten in eine der parkenden Limousinen ein.

Dr. Maude.

»OH MEIN GOTT! Calvin! Folgen Sie der Limo da!«, brüllte ich und zeigte auf Dr. Maudes Wagen.

»Hä?«, fragten Calvin und Connor gleichzeitig.

»Die Limo da!«, rief ich atemlos. »Da sitzt Dr. Maude drin!«

»Du meinst *Dr. Maude*-Dr. Maude?«, fragte Calvin. »Die von *Zur Sache, Leute*? Mann, ich liebe sie!«, rief er, ließ den Wagen an und fuhr rückwärts aus der Parklücke. »Und ich muss sie unbedingt sprechen – ich bräuchte dringend Rat wegen meiner Freundin.«

»Okay, aber ich darf zuerst«, sagte ich. »Ich versuche schon seit Monaten, sie zu erwischen.« Endlich war ich drauf und dran, die Antworten zu bekommen, die ich brauchte. Und nicht nur das, sondern ich hatte auch elegant einen Kuss von Connor umgangen.

Tja, ich war wirklich drauf und dran, die Antworten zu bekommen, die ich brauchte, bis Calvin mit einem anderen Auto zusammenkrachte, das zeitgleich ausparken wollte. »Uups!«, rief er.

»Aber sie entwischt uns!«, schrie ich, während ihre Limo die Ausfahrt erreichte und den Blinker setzte.

Ein sehr großer, sehr kräftiger Mann, der sehr verärgert wirkte, stieg aus dem anderen Wagen und fing an,

Calvin anzubrüllen. Ich sprang aus dem Auto. Dass sich dabei der Deckel meines Schoko-Shakes löste und er sich über mein Kleid ergoss, war mir egal. Ich mobilisierte all die Energie, die ich mir in den letzten Jahren aufgespart hatte, indem ich die »Lucy B. Parker kann heute leider nicht am Sportunterricht teilnehmen, weil sie ihre Menstruation hat«-Entschuldigung eingesetzt hatte, um nicht am Sportunterricht teilnehmen zu müssen. Jetzt legte ich alles in diesen Sprint quer über den Parkplatz.

»Dr. Maude!«, brüllte ich aus vollem Hals, in der Hoffnung, sie würde mich durch die geschlossenen Fenster hindurch hören können. Aber es war zu spät. Gerade als ich zur Ausfahrt kam, bog die Limo nach rechts auf den Sunset Boulevard ab und ließ mich mal wieder ratlos und voller Schoko-Shake-Flecken zurück.

»Hey, du hast deinen Schuh verloren«, sagte Connor und hielt ihn mir hin, als er neben mich trat.

Ich blickte hinunter. Er hatte recht, ich hatte bloß noch einen an. Es war mir nicht mal aufgefallen. »Danke«, sagte ich niedergeschlagen und schlüpfte wieder hinein. Der Turban rutschte mir über ein Auge und ich rückte ihn wieder gerade.

»Tja, was für ein Mist, hm?«, sagte er.

Ich nickte.

»Was hättest du sie denn gefragt, wenn du sie erwischt hättest?«

Das war eine gute Frage. Ich hatte das Gefühl, so viele Probleme zu haben und so viel Rat zu brauchen, dass ich gar nicht gewusst hätte, wo ich anfangen sollte. Verknalltsein. Ziggy, Mom, Streit mit der Frester. Doch als ich zu Connor aufblickte, der aus irgendeinem Grund in *diesem* Moment, aus *diesem* Blickwinkel, in *diesem* Mondlicht, das auf ihn herabschien, noch hübscher aussah als neulich am Strand bei Sonnenuntergang, platzte ich heraus: »Ich glaube, ich hätte sie gefragt, wie man einen Jungen wissen lässt, dass man ihm keine runterhauen würde oder so was, wenn er versuchen würde, einen zu küssen.«

»Echt?«, fragte er schüchtern.

Oh mein Gott – was hatte ich da gerade gemacht? Hatte ich etwa Connor Forrester aufgefordert, mich zu küssen?

»Du willst, dass ich dich jetzt hier küsse?«, fragte er nervös. »Mitten auf dem Sunset Boulevard? Vor all den Autos, die an uns vorbeiflitzen?«

»Ich habe nie gesagt, dass ich *will*, dass du mich küsst«, sagte ich abwehrend. Ich gab es auf, meinen Turban zurechtzurücken, und nahm ihn einfach ab. »Alles, was ich meinte, war, dass ich dir nicht meinen Schuh über den Kopf ziehen würde oder so, wenn du versuchen würdest, mich zu küssen. Das ist was total anderes, als zu *wollen*, dass einen jemand küsst. Oder als ihn zu fragen, ob er einen küsst.«

»Oh«, sagte er enttäuscht. »Also willst du nicht, dass ich dich küsse?«

»Na ja, das hab ich jetzt auch wieder nicht gesagt«, korrigierte ich ihn. Was wollte ich überhaupt? Ich hatte keine Ahnung. Ich blickte hinüber zu Calvin, der die nötigen Informationen mit dem Besitzer des anderen Wagens ausgetauscht hatte und nun darauf wartete, dass wir wieder ins Auto stiegen. »Wir sollten vermutlich wieder zurück«, sagte ich und wandte mich zum Gehen.

»Hey, Lucy?«, rief Connor.

Ich hielt inne und drehte mich wieder um. »Was gibt's?«

Ausgerechnet dort, vor all den Autos auf dem Parkplatz des *In-N-Out* – ganz zu schweigen von denen auf dem Sunset Boulevard, der den Reiseführern zufolge, die ich gelesen hatte, zu den am stärksten befahrenen Straßen von ganz L. A. zählte –, legte mir Connor Forrester die Hände auf die Schultern, zog mich an sich und küsste mich.

Es war kein superlanger Kuss, aber definitiv ein richtiger Kuss.

Und das Beste daran? Abgesehen davon, dass es bloß halb so schreckenerregend war, wie ich gedacht hatte, und es so schnell passierte, dass ich gar keine Zeit hatte, nervös zu sein?

Weit und breit war keine Kamera, um ein Foto davon zu schießen.

Fünfzehntes KAPITEL

Liebe Dr. Maude,

Sie wissen es nicht, aber ich habe Sie neulich Abend gesehen. Im *In-N-Out-Burger*. Ich schätze, mit unserer Vorliebe für Burger haben wir eine weitere Sache gemeinsam, abgesehen von der Tatsache, dass wir im selben Haus wohnen und beide Hunde mögen.
Ich habe versucht, Sie einzuholen, aber offensichtlich ist mir das nicht gelungen. Am Ende war es aber das Beste so, denn wenn ich es geschafft hätte, dann hätte ich vielleicht nicht meinen ersten Kuss erlebt. Ich weiß, dass es nicht besonders romantisch klingt, seinen ersten Kuss mitten auf dem Parkplatz eines Hamburger-Restaurants zu bekommen, besonders wenn man die Person eigentlich irgendwie sozusagen auffordert, einen zu küssen, anstatt es einfach passieren zu lassen, aber was soll's. Es war mit Connor Forrester, falls

Sie das glauben können. Es ist schon okay, wenn nicht, weil selbst ich es noch immer nicht richtig glaube, und ich war schließlich dabei! (Es steht zwar nicht auf seiner Internetseite unter »50 Dinge, die man über Connor wissen sollte«, aber er hat total weiche Lippen.)

Beatrice und Alice und Marissa werden total ausflippen, wenn sie das hören. Ob Sie's glauben oder nicht, ich hab's noch nicht mal Laura erzählt. Teilweise weil ich es noch für mich behalten wollte und teilweise um ihre Gefühle nicht zu verletzen, weil sie und Austin nie einen ungestörten Kuss hatten, wo sie doch immer von Fotografen umgeben waren. Das bedeutet, dass ich offiziell vor ihr meinen ersten richtigen Kuss hatte. Und sie ist älter! Und ein Star!

Um ehrlich zu sein, ich bin mir nicht sicher, wie ich zu der ganzen Kuss-Sache stehe. Es war schon ziemlich interessant, aber ich weiß nicht, ob ich es regelmäßig machen will. Glücklicherweise hat Connor keine Zahnspange, sodass ich mir nicht die Lippe aufgerissen habe, aber es war schon ein bisschen schleimig. Wir haben uns danach noch ein paarmal getroffen (endlich konnte ich die *Haunted-Hollywood*-Tour machen!), aber wegen der Distanz und alldem werden wir kein Paar. Was gut ist, denn ich weiß noch immer nicht, wie ich zu dieser ganzen Schwarm-Sache stehe. Aber wir sind jetzt Freunde auf Facebook. Wer weiß – vielleicht verknalle ich mich ja DOCH noch in Blair, wenn wir uns besser kennenlernen (nach Connor bin ich mir jetzt ziemlich sicher, dass ich nicht wirklich für Blair geschwärmt habe) und vielleicht will ich ihn ja dann auch irgendwann mal küssen. Vielleicht aber auch nicht.

Egal, ich hoffe, wir laufen uns über den Weg, wenn wir beide wieder zurück in New York sind. Denn auch wenn Laura und ich jetzt viel besser miteinander klarkommen und Mom mir gestern gemailt hat, dass es auf ihrer Reise sehr gut läuft und sie mich vermisst und wir in ein paar Wochen zusammen für ein Wochenende nach Cape Cod fahren, nur sie und ich (und wir halten besser nicht an irgendwelchen BH-Läden auf dem Weg dorthin!), brauche ich, wenn alles weiterhin so verrückt läuft, noch JEDE MENGE Rat!

MfG
XOXO (Das heißt »mit Umarmungen und Küssen«, falls Sie es noch nicht wussten.)
Lucy B. Parker

Selbst wenn einem jemand leidtut, weil man, obwohl die andere Person älter ist als man selbst, früher geküsst wurde, kann man ein Geheimnis bloß eine bestimmte Zeit komplett für sich behalten. Weshalb ich mich, als wir auf unserer Rückreise nach New York über Iowa flogen (weil Lady A noch immer Probleme hatte, sich ihren Text zu merken, war das Filmteam mit dem Drehplan so sehr in Verzug geraten, dass Laura genug Zeit hatte, für ein paar Tage mit mir nach Hause zu kommen), an Laura wandte und sagte: »Ich muss mit dir reden.«

»Oh nein. Bist du sauer auf mich?«, fragte sie besorgt. »Hab ich mich wieder zu superstarmäßig verhalten? Ich habe Marci gesagt, sie soll der Presse diesmal keinen Tipp geben. Hast du nicht gesehen, dass am Flughafen diesmal viel weniger Paparazzi waren?«

»Nein, nein – ich bin überhaupt nicht sauer auf dich«, beruhigte ich sie. »Eigentlich hab ich eher ein bisschen Angst, dass du, nach dem, was ich dir erzählen will, vielleicht sauer auf *mich* sein wirst.«

»Du hast dich doch dazu entschlossen, dir die Beine zu rasieren, und meinen Rasierer benutzt, und jetzt ist die Klinge ganz stumpf?«

»Was? Nein!« Auch wenn ich wirklich keine Lust hatte, mir die Beine zu rasieren, überlegte ich, jetzt da es offiziell Sommer war und somit Kurze-Hosen-Wetter, ob ich es vielleicht doch tun sollte, damit ich im Central Park keine kleinen Kinder verschreckte. Ich holte tief Luft. »Ich … habe Connor geküsst.«

»Du hast Connor Forrester geküsst?!«, kreischte sie. »Wann?«

»Pssst«, zischte ich, als sich die anderen Leute in der ersten Klasse umdrehten und mich anstarrten.

Glücklicherweise waren sie alle echt alt, weil es ziemlich teuer war, erster Klasse zu fliegen, also hoffte ich, dass sie nicht wussten, wer Connor war. Trotzdem war es peinlich. »Auf dem Parkplatz von *In-N-Out-Burger*. Nach der Premiere neulich.«

»Du hattest deinen ersten Kuss auf einem Parkplatz?!«, kreischte Laura wieder.

Ich hielt ihr den Mund zu. »Laura! Wenn du nicht aufhörst so rumzubrüllen, dann erzähl ich nicht weiter.«

Sie schob meine Hand weg. »Okay, okay«, flüsterte sie. »Tut mir leid. Aber jetzt erzähl mir alles.«

Also erzählte ich, und während ich redete, überkam mich ein großes Gefühl der Erleichterung. Ein bisschen so, wie wenn man schon ewig im Auto sitzt und ganz dringend pinkeln muss und dann endlich an eine Raststätte kommt.

Als ich fertig war, rümpfte sie die Nase. »Es war schleimig? Echt?«

Ich zuckte mit den Schultern. »Ja, schon irgendwie. Also ist es vielleicht gar nicht so schlecht, dass du Austin noch nicht geküsst hast!«, sagte ich fröhlich. Offen gesagt war ich ziemlich überrascht, dass jemand, der so heikel war, wenn es um Bakterien ging, wie Laura, überhaupt in Betracht zog, jemanden zu küssen. »Also, bist du jetzt sauer auf mich?«

»Du meinst, weil ich es dir, wenn es andersherum gewesen wäre, alles sofort erzählt hätte, anstatt es drei ganze Tage lang für mich zu behalten?«

»Nein, ich meine, weil du älter bist und ich vor dir jemanden geküsst habe.«

Sie machte ein langes Gesicht. »Oh, na ja, darüber habe ich gar nicht nachgedacht, aber jetzt wo du es sagst …«

Na, toll. Jetzt war sie sauer auf mich.

»… nein. Nicht wirklich«, fuhr sie fort. »Ich meine, irgendwie habe ich mich langsam daran gewöhnt, dass es viele Dinge gibt, die ich vor dir gemacht habe – wie, du weißt schon, auf Preisverleihungen zu gehen und mit dem Privatjet zu fliegen. Aber wenn es um ganz normale Dinge geht – wie ins Einkaufszentrum gehen, Übernachtungspartys und küssen –, da bist du mir eben voraus.«

»Und angebrüllt zu werden, weil mein Zimmer unordentlich ist«, fügte ich grinsend hinzu. »Da bin ich dir auch voraus.«

Sie lachte. »Ja, was das betrifft, musst du dir mal keine Gedanken machen, dass ich dich einhole. Aber im Ernst – ich freu mich für dich. Und bevor du es auch nur sagen musst, sag ich es für dich: Ich werde niemandem davon erzählen. Das schwöre ich auf Miss Piggys Leben.«

Ich lächelte. »Danke«, sagte ich.

So war das mit besten Freundinnen: Sie konnten Gedanken lesen.

Als wir in New York aus dem Flugzeug stiegen, warteten Mom und Alan schon auf uns. Es war schön, sie braun gebrannt und erholt wiederzusehen. Aber auf ihr breites, dämliches Gegrinse hätte ich gut und gern verzichten können, weil Marissa mir mal erzählt hatte, dass dämliches Gegrinse eine Nebenwirkung von ganz viel Liebemachen war, und *das* wollte ich mir gar nicht erst vorstellen.

Als wir von Queens aus, wo sich der JFK-Flughafen befand, in die Innenstadt fuhren, passierte etwas total Cooles – plötzlich kam mir alles so vertraut vor. Und als wir aus dem Wagen stiegen, umarmte mich Pete ganz fest. Und als ich zum Deli ging, um mir eine Limo zu kaufen, sagte Mr Kim, der Besitzer: »Lange nicht gesehen, Lucy B.« Und als ich Gurpreet, dem Besitzer des Zeitungskiosks, zuwinkte, winkte er zurück.

Zum ersten Mal in den zwei Monaten, seit ich Northampton verlassen hatte, fühlte ich mich … wie zu Hause. Und nicht bloß zu Hause, weil hier nun mal all meine Sachen waren, sondern *zu-Hause*-zu-Hause. Vollkommen zufrieden und wohl. Als hätte ich gerade einen Eisbecher mit dem perfekten Verhältnis von Karamell zu Eiskrem gegessen und dabei meinen kuscheligsten Pyjama an.

»Also hattet ihr Spaß?«, fragte Mom später, als sie mir auspacken half. Für sie bedeutete das, Sachen, die nicht getragen waren, wieder an ihren Platz zu räumen – für mich bedeutete es, einfach alles zurück in den Schrank zu stopfen, wenn sie gerade nicht hinsah, und mich später darum zu kümmern.

»M-hm«, sagte ich.

»Seid Laura und du gut miteinander zurechtgekommen?«, fragte sie weiter.

Ich nickte. Ich beschloss, dass es reine Zeitverschwendung wäre, die ganze Geschichte davon zu erzählen, wie ätzend Laura anfangs war und von unserem Streit, denn schließlich hatten wir die Sache geklärt und jetzt war alles okay. Und Mom würde es sowieso gleich Alan erzählen und der würde bloß wieder total durchdrehen. Nicht dass Laura und ich nie wieder streiten würden, denn davon war nicht auszugehen. Aber das war auch okay, denn wir waren Frestern und wir hatten uns lieb.

Mom ließ sich aufs Bett plumpsen. »Und was hat dir auf deiner Reise am allerbesten gefallen?«

Was hatte mir am besten gefallen? Beim Zimmerservice Pfannkuchen zum Abendessen zu bestellen?

Über den roten Teppich zu gehen beziehungsweise zu stolpern? Dass mir Lady A ihre persönliche E-Mail-Adresse gegeben hatte, damit wir in Kontakt bleiben konnten? Herauszufinden, wie es sich anfühlt, verknallt zu sein? Zum allerersten Mal geküsst zu werden? Dass Laura mir gesagt hatte, ich sei ihre beste Freundin?

»Ich weiß noch nicht«, sagte ich. »Es ist so viel passiert. Aber das ist eine lange Geschichte.«

»Komm schon, Lucy. Ich will alles hören!«, sagte Mom.

Ich lächelte. Es war schön, meine Mom wiederzuhaben. »Okay«, sagte ich und ließ mich neben sie plumpsen.

Obwohl – den Kuss-Teil würde ich vielleicht erst mal auslassen.

Sechzehntes KAPITEL

Liebe Dr. Maude,

ich bin jetzt schon seit ein paar Tagen wieder zu Hause, und ich glaube, ich habe meinen Jetlag endlich überwunden. Und wissen Sie, was das Allercoolste ist? Zum ersten Mal fühle ich mich hier wirklich wie zu Hause. Genauso wie es sich allmählich so anfühlt, als seien Laura und ich wirklich Schwestern.

Ich warte noch immer darauf, dass irgendetwas Großes passiert, jetzt, wo ich geküsst wurde. Wie zum Beispiel, dass ich meine Tage bekomme. Bis jetzt ist noch nichts passiert. Aber Marissa hat mir gemailt, dass ein Mädchen im Schwimmbad von Northampton gesagt hat, dass es klappt, wenn man Ingwertee trinkt und eine Viertelstunde am Tag Kopfstand macht. Wissen Sie zufälligerweise, ob das stimmt? Oder wo es in unserem Viertel Ingwertee gibt?

Egal, ich muss los, weil Laura und ich ins Kino gehen, um uns Austins und Connors neuen Film *Nachäffen auf Amerikanisch* anzuschauen. Haben Sie schon davon gehört? Es geht um einen Schimpansen, der im Rahmen eines Austauschprogramms von einer amerikanischen Familie aufgenommen wird. Er soll richtig gut sein.
Wenn wir uns mal treffen sollen, lassen Sie es mich wissen. Laura muss wieder zurück zu den Dreharbeiten nach L.A. und alle meine Freunde (alle beide) sind noch im Ferienlager, also hätte ich Zeit. Und ich fürchte, ich könnte bald mal 'ne Pause brauchen von all den gemeinsamen Aktivitäten, die Mom für uns geplant hat.

MfG
Lucy B. Parker

Danksagung

Danke an das unglaubliche Team der Penguin Young Readers Group – Don Weisberg, Jen Haller, Nancy Paulsen, Eileen Kreit, Scottie Bowditch und Kristin Gilson – für ihre tolle Unterstützung von Lucy. Und wie immer gilt meine immense Dankbarkeit meiner Göttin von einer Lektorin, Jennifer Bonnell, weil sie immer schon lange vor mir weiß, was ich zu sagen versuche.

Danke auch Kate Lee, der besten Agentin der Welt.

Und meiner unvergleichlichen BFF Amy Loubalu, die mich bei der Arbeit an jedem Buch aufs Neue geduldig daran erinnert, dass es sehr wohl bereits Zeiten gegeben hat, in denen ich mir absolut sicher war, dass das, was ich geschrieben habe, vollkommen unlesbar ist, und dass dieses Gefühl erstaunlicherweise immer irgendwann verflogen ist. Auch wenn ich jedes Mal, wenn sie mir das versichert, absolut überzeugt davon bin, dass sie diesmal unrecht hat.